TEXTES LITTÉRAIRES

Collection dirigée par Keith Cameron

XCIX

CONTES AMÉRICAINS

non vultus, non color vnus. Virgil. *L. VI.*

"Titre-planche" du *Traité de la couleur de la peau humaine*
de Claude-Nicolas Le Cat, Amsterdam, 1765

JEAN-FRANÇOIS DE SAINT-LAMBERT

CONTES AMÉRICAINS:

L'ABENAKI, ZIMÉO, LES DEUX AMIS

Présentation

de

Roger Little

UNIVERSITY
of
EXETER
PRESS

REMERCIEMENTS

Notre reconnaissance est grande envers le personnel des bibliothèques où nos recherches ont été poursuivies en vue du présent ouvrage, nommément les Bibliothèques de l'Arsenal, de l'École Normale Supérieure, Nationale, Sainte-Geneviève et de Trinity College Dublin. Un accueil particulièrement chaleureux nous a été accordé par Mme Florence de Lussy, conservateur au département des manuscrits de la Bibliothèque Nationale et par M. Pierre Petitmengin, bibliothécaire à la rue d'Ulm. Nos collègues et amis Mmes Rosemary Lloyd, Aedín Ní Loingsigh, Rebecca Phillips, Susanne Reid, Marie-Christiane Torrance et Barbara Wright, MM. Olympe Bhêly-Quénum, Brendan Dempsey, Jim Jackson, Philippe de Noailles, duc de Mouchy, Roger Poirier, Abioseh Porter et David Williams nous ont gracieusement rendu plus d'un service. M. et Mme Max Rouquette nous ont montré à quel point l'amitié peut être généreuse. Nous remercions également M. Keith Cameron qui a bien voulu, pour la troisième fois, et suite à nos rééditions d'*Ourika* (n° LXXXIV) et d'*Empsaël et Zoraïde* (n° XCII), nous accueillir dans sa collection de "Textes littéraires", et le personnel attentif des Presses universitaires d'Exeter, dont notamment Mlle Genevieve Davey et M. Simon Baker. Récidiver de la sorte n'a de sens que si l'on veut bien admettre que la représentation du Noir (et plus généralement de l'Autre) dans la littérature française mérite un regain d'intérêt en une période où la tolérance, loin d'être universelle, est toujours et même de plus en plus bafouée par les intégristes de tous bords.

Il ne saurait y avoir d'exemple de compréhension et de générosité plus grandes qu'au cœur de mon épouse, Patricia, qui, pendant les mois exceptionnellement douloureux qui ont suivi la mort subite, à l'âge de dix-neuf ans, de notre chère fille d'origine antillaise, m'a été d'un secours inestimable. C'est à Patricia, à notre fils yorouba, Dominic, et à la mémoire de Rebecca que je dédie dans l'amour et l'affection émus ce modeste travail.

R. L.

First published in 1997 by
University of Exeter Press
Reed Hall
Streatham Drive
Exeter EX4 4QR
U K

British Library Cataloguing
in Publication Data
A catalogue record for this book is available
from the British Library

ISSN 0309 6998

ISBN 0 85989 544 0

Typeset by Airelle

Printed in the UK
by Antony Rowe Ltd, Chippenham

INTRODUCTION

> *Barbarus hic ego sum quia non intelligor illis.*
>
> Ovide, *Tristes*, 5, 10, 28

Le "Comment peut-on être Persan?" de Montesquieu résonne à travers tout le dix-huitième siècle et n'a rien perdu de sa saveur et de sa pertinence. La réflexion sur l'autre faisait – et fait encore, sous la bannière de "l'interculturel" entre autres – partie intégrante de l'intérêt porté aux rapports humains où s'inscrit de toute évidence le concept de l'amitié, thème dont l'importance transparaît dans les trois contes que nous regroupons dans le présent volume. Le *topos* littéraire du regard innocent, même si ce regard n'est à vrai dire que faussement naïf, investi comme il l'est de l'intelligence de l'auteur, connaît au dix-huitième siècle surtout des expressions pénétrantes et percutantes. Ses avatars les plus célèbres se nomment Usbek, l'Ingénu, Candide...

La découverte et l'exploitation de pays étrangers, fournissant les matériaux de l'essor économique que l'on sait, offraient la base d'un renouvellement de la pensée sociale et culturelle (voir frontispice et annexe A, pp.53-54). Si les philosophes portaient un regard généreux sur l'autre, c'était surtout dans le but de mieux formuler des leçons morales dont bénéficieraient éventuellement leurs compatriotes. Les *Lettres persanes* (1721) sont exemplaires à cet égard, et les voyages de Candide (1759) sont instructifs, moins sur des pays où Voltaire n'avait jamais mis les pieds que sur des notions de satisfaction et d'insatisfaction humaines. Si la fin du vingtième siècle formule autrement son discours sur l'identité et l'altérité, elle n'en est pas moins passionnée par le même débat. D'où l'intérêt de remettre en circulation les trois contes de Saint-Lambert réunis ici en un recueil factice qui reprend deux textes publiés en 1769, *l'Abenaki* et *Ziméo*, célèbres en leur temps mais inconnus chez les libraires depuis plus de cent ans, et un troisième, *les Deux Amis: conte iroquois*, paru en 1770 et dont la dernière publication remonte au début du XIXᵉ siècle.

Jean-François, dit marquis de Saint-Lambert, né à Nancy en 1716, mort à Paris en 1803 (voir la reproduction d'un portrait anonyme, p.vi), n'a pas bonne presse. On le connaît surtout à travers la correspondance d'autrui.

Charle[s]-François (en fait Jean-François) de Saint-Lambert
(toile anonyme, Musée Lorrain, Nancy)

Les biographies usuelles semblent lui en vouloir d'avoir succédé à Voltaire dans les affections de Mme du Châtelet et d'avoir mieux réussi que Rousseau dans celles de Mme d'Houdetot, mais surtout d'avoir été en quelque sorte responsable de la mort de la première à la suite de l'accouchement de la fille qu'il lui avait faite. On lui reproche une prétention sociale bien qu'il évoluât à l'aise à Lunéville parmi les officiers du roi Stanislas (dont il n'était pas spécialement aimé) et dans le milieu du très respectable prince de Beauvau-Craon. Les portraits-charges de certains contemporains, parmi lesquels Grimm et Mme du Deffand, semblent avoir dicté les jugements modernes.[1] Tel critique dédaigne en effet "cet homme médiocre [...] tortueux et hypocrite", mais sur la base d'une très imparfaite connaissance de son être.[2] Quant à ses écrits, on renchérit volontiers sur les réserves formulées par son ami Diderot à l'égard des *Saisons*. Ce poème, prenant pour modèle *The Seasons* de James Thomson (1730), a pourtant réintroduit dans la poésie française, comme prémices du Romantisme, le goût de la nature, mais d'une nature surtout ordonnée selon les principes des Physiocrates, tel François Quesnay, partisans du principe du libre échange, demeuré pierre d'angle du système capitaliste. On prend pour argent comptant la supercherie élaborée par Diderot dans ses *Deux Amis de Bourbonne*, riposte à la fois narquoise et admirative au conte iroquois de celui qui avait fourni entre autres à l'*Encyclopédie* les articles sur le Génie et le Luxe.[3] Qui aime bien châtie bien: le principe considéré périmé pour les enfants reste valable pour la critique littéraire. Les mauvaises

---

[1] Voir Roger Poirier, "Une lettre inédite de Saint-Lambert à Madame du Châtelet", *Revue d'histoire littéraire de la France*, 91 (juillet-octobre 1991), pp.179-87.

[2] René Vaillot, *Madame du Châtelet*, Paris: Albin Michel, 1978, pp.289-90.

[3] Saint-Lambert a donné à l'*Encyclopédie* les articles suivants: Fantaisie, Familiarité, Fragilité, Frivolité, Génie, Honnête, Honneur, Intérêt, Législateur, Louange, Luxe, Manières, Transfuge: ce sont les textes repris dans ses *Œuvres philosophiques*, publiées de son vivant. Grimsley, malgré la démonstration de Dieckmann, ne lui en attribue que dix: voir Ronald Grimsley, "Saint-Lambert's articles in the *Encyclopédie*", in *Voltaire and his world*, éd. R. J. Howells *et al.*, Oxford: Voltaire Foundation, 1985, p.293 et Herbert Dieckmann, "The Sixth Volume of Saint-Lambert's Works", *The Romanic Review*, XLII, 2 (avril 1951), 109-21.

    Le hasard a fait que *les Deux Amis* de Beaumarchais est également paru en 1770: le sujet de l'amitié était décidément à la mode. Cette pièce traite de deux amis du milieu financier de Lyon; on est donc loin des Iroquois. Pour un commentaire documenté sur *les Deux Amis de Bourbonne*, voir le t.VIII des *Œuvres complètes* de Diderot, éd. Roger Lewinter, Paris: Club français du livre, 1971, pp.694-98. Le conte n'est en effet qu'une mystification soutenue, avec rebondissements, comme pour prouver, selon Diderot (p.701), "qu'il ne faut pas aller jusque chez les Iroquois pour trouver deux amis".

langues n'ont jamais su expliquer l'amitié durable qu'avaient Voltaire et
Diderot pour leur confrère moins prolifique, moins exubérant, et
certainement moins doué, élu pourtant à l'Académie française en 1770.[4]

Le texte qui avait valu cet honneur à Saint-Lambert est sans aucun doute
les Saisons, long poème publié deux fois en 1769 et connaissant un succès
tel qu'il a été réédité une dizaine de fois avant la fin du siècle. Ce poème
n'est sans doute plus à notre goût, les bonnes intentions l'emportant souvent
sur la qualité de l'écriture. Mais les contes qui accompagnaient le poème
lors de sa publication ont été aussi beaucoup appréciés: la brève perfection
de *l'Abenaki* et la noblesse du bon sauvage Ziméo ont retenu l'attention de
plus d'un commentateur. Certes, il est légitime d'émettre des réserves sur
la relative simplicité des personnages esquissés. N'empêche que ces textes
illustrent bien dans le goût du jour une générosité rousseauiste envers
l'autre, tout en exploitant l'intérêt de l'époque pour des régions à peine
explorées et la faveur que connaissait l'exotisme. (Un fragment de carte
publiée dans l'*Histoire de la Nouvelle France* de Charlevoix en 1744,
reproduit p.x, permet de situer géographiquement les Abenakis, les
Iroquois, la Pennsylvanie et la Jamaïque.) Le Sauvage du XVIIIe siècle,
étalon de "l'homme naturel" pour son époque, est le Martien ou le robot de
science-fiction de la nôtre. Il n'est pas rare qu'un talent moyen, typique et
partant révélateur de son époque, instruise l'historien des mentalités bien
mieux que le cas d'un esprit supérieur et par là même exceptionnel. Pour
Saint-Lambert comme pour nous, la recherche de l'autre n'est souvent que
l'apprentissage d'une meilleure compréhension de soi-même.

Il paraît impossible de savoir si la première édition des *Deux Amis:
conte iroquois*, de 1770 précisément, date d'avant ou d'après l'élection de
Saint-Lambert à l'Académie française. Quoi qu'il en soit, point n'est besoin
d'accepter l'idée qu'une fois immortel, l'académicien s'endort nécessairement sur ses lauriers. La représentation du curieux ménage à trois qui est
au cœur du récit paraît même provocatrice plutôt que bien-pensante...
voire bien pensée. L'auteur coupe court à toute spéculation sur l'avenir de
l'alternance amicale dans la couche de la bien-aimée en écartant toute
mention d'une éventuelle progéniture.

---

[4]   Roger Poirier, qu'un heureux hasard nous a fait rencontrer dans la salle des manuscrits
      de la Bibliothèque Nationale, prépare une biographie de Saint-Lambert qui nous
      dispense d'insister sur la vie de l'auteur; elle a pour ambition de le réhabiliter tout en
      apportant à la question une lumière et une documentation nouvelles.

Mais regardons de plus près, tour à tour, les contes que nous avons retenus, évoquant au passage des questions plus générales.

L'Abenaki

Les guerres des XVIIe et XVIIIe siècles menées en Amérique septentrionale par les armées rivales des Français et des Anglais – guerres territoriales, religieuses et commerciales – ont laissé une riche littérature. Elles continuent d'inspirer historiens, romanciers et cinéastes, pour ne pas parler de l'imaginaire de générations successives de jeunes et moins jeunes lecteurs et cinéphiles.[5] Quoique soldat, Saint-Lambert n'a pas participé à ces combats, n'ayant jamais visité l'Amérique septentrionale et les "quelques arpents de neige" d'une importance insoupçonnée, mais les récits provenant soit de la Nouvelle France qui deviendrait le Canada, soit des territoires du nord-est de ce qui n'était pas encore les États-Unis d'Amérique, ne manquaient pas. Les phases du conflit armé auquel mit fin en 1763, après la guerre de Sept Ans, le traité de Paris, étaient de mémoire toute récente.

Saint-Lambert fait preuve moins d'impartialité que de subtilité en présentant non un Français mais bien un Anglais capturé non par un Français mais par un indigène ami des Français: l'altérité, doublement affichée, n'en est que plus efficace. Car les tribus étaient devenues, selon des accords plus ou moins librement consentis, partisanes de l'une ou de l'autre puissance européenne. Aussi les Hurons étaient-ils autant pro-Français que les Iroquois pro-Anglais: *l'Ingénu* de Voltaire (1767) en témoigne d'une part; et Saint-Lambert d'autre part, pour mieux prévenir son lecteur contre eux, choisira ses parfaits amis Iroquois parmi les Cinq-Cantons les plus hostiles à la France.[6]

---

[5] Nous songeons par exemple aux romans *Black Robe* de Brian Moore (Londres: Cape, 1985) et *The Unredeemed Captive* de John Demos (New York: Knopf, 1994); et au film récent, avec Daniel Day Lewis dans le rôle de Hawkeye, travestissant à la Hollywood *le Dernier des Mohicans* de James Fenimore Cooper (1826), qui commence en 1757, c-à-d. en pleine guerre anglo-française en Amérique septentrionale. On vient de rééditer en français le récit de Mary Rowlandson, *Captive des Indiens: récit d'une puritaine de Nouvelle Angleterre enlevée en 1675*, présentation d'Ada Savin, Paris: Éditions de Paris, 1995, à comparer directement avec l'ouvrage de Demos.

[6] Dans un esprit analogue, Bougainville se disait volontiers Iroquois dans ses lettres: voir Benoît Melançon, "Bougainville avant Tahiti: les Amérindiens dans la correspondance canadienne (1756-1759)", in *la Lettre au XVIIIe siècle et ses avatars: actes du colloque international tenu au Collège universitaire Glendon, Université York, Toronto (Ontario) Canada, 29 avril-mai 1993*, textes réunis et présentés par Georges Bérubé et Marie-France Silver, Toronto: Gref, 1996, p.221, n.1.

Partie est d'une "Carte de l'Amérique septentrionale
pour servir à l'*Histoire de la Nouvelle France* [de Charlevoix, 1744].
Dressée par N.B. Ing^r du Roy, et Hydrog. de la Marine, 1743"

Lorsque Brian Moore fait remarquer au père jésuite Laforgue, personnage principal de son roman historique *Robe noire*, "Ce n'est pas nous qui colonisons les Sauvages. Ce sont eux qui sont en train de nous coloniser",[7] il ne fait que répéter une idée vieille de plusieurs siècles. D'une manière aussi simple et directe, l'Abenaki relativise la notion de civilisation en rappelant à son captif:

> je t'ai appris à faire un canot, un arc, des fleches, à surprendre l'orignal dans la forêt, à manier une hache, & à enlever la chevelure à l'ennemi. Qu'étois-tu, lorsque je t'ai conduit dans ma cabane? tes mains étoient celles d'un enfant, elles ne servoient ni à te nourrir, ni à te défendre, ton ame étoit dans la nuit, tu ne sçavois rien, tu me dois tout. (pp.3-4 ci-dessous)

Lahontan n'avait-il pas mis dans la bouche de son Huron, Adario (nom que reprendra Chateaubriand dans *Les Natchez*), une idée toute semblable?:

> Mais voyons ce qu'un homme doit être extérieurement. Premièrement, il doit savoir marcher, chasser, pêcher, tirer un coup de flèche ou de fusil, savoir conduire un canot, savoir faire la guerre, connaître les bois, être infatigable, faire, en un mot, tout ce qu'un Huron fait. Voilà ce que j'appelle un homme. Car dis-moi, je t'en prie, combien de milliers de gens y a-t-il en Europe, qui, s'ils étaient trente lieues dans des forêts, avec un fusil ou des flèches, ne pourraient ni chasser de quoi se nourrir, ni même trouver le chemin d'en sortir.[8]

C'est le même Adario qui, ici et ailleurs, annonce à plus d'un égard les *Discours* de Rousseau dont les contes américains de Saint-Lambert seront à leur tour en quelque sorte l'illustration littéraire. La dénonciation des progrès technique et intellectuel dans le *Discours sur les sciences et les arts* de 1751 sera développée dans le *Discours sur l'origine et les fondements de*

---

7   "We're not colonizing the Savages. They're colonizing us." Moore, p.22.

8   Louis-Armand de Lom d'Arce, baron de Lahontan, *Dialogues de Monsieur le baron de Lahontan et d'un Sauvage dans l'Amérique* (éd. originale 1703), Paris: Desjonquères, 1993, p.80. On lit dans la Première Partie du *Discours sur l'origine de l'inégalité* de Rousseau un reproche semblable, aussi fondé sur l'oiseveté que fournissent les outils: "Le corps de l'homme sauvage étant le seul instrument qu'il connaisse, il l'emploie à divers usages, dont, par le défaut d'exercice, les nôtres sont incapables, et c'est notre industrie qui nous ôte la force et l'agilité que la nécessité l'oblige d'acquérir." Ou encore: "en devenant sociable et esclave, il [l'homme] devient faible, craintif, rampant, et sa manière de vivre molle et efféminée achève d'énerver à la fois sa force et son courage." Jean-Jacques Rousseau, *Discours sur les sciences et les arts, Discours sur l'origine de l'inégalité*, éd. J. Roger, Paris: Garnier-Flammarion, coll. GF 243, 1971, pp.164, 169.

l'inégalité parmi les hommes de 1755, qui retrace une histoire hypothétique
de l'homme selon laquelle les étapes successives de la société seraient une
dégradation par rapport à l'état de nature. L'inégalité sociale conforterait
l'amour-propre plutôt que l'amour de soi-même qui serait, dans les termes
de Lahontan, l'état idéal où "nous vivons simplement sous les lois de
l'instinct, et de la conduite innocente que la Nature sage nous a imprimée
dès le berceau."[9] *Le Contrat social* de 1762 lui-même ferait écho à la
phrase que nous avons soulignée dans le passage suivant, qui, en exposant
les raisons pour lesquelles Adario ne voudrait pas se faire Français, traite
du bonheur social où il n'y aurait ni *tien* ni *mien*, la propriété étant
considérée comme la source de bien des maux:[10]

> Et comment me réduirais-je à faire des révérences et des prosternations
> à de superbes fous, en qui je ne connaîtrais d'autre mérite que celui de
> leur naissance et de leur fortune? Comment verrais-je languir les
> nécessiteux, sans leur donner tout ce qui serait à moi? [...] Aurais-je la
> bassesse de ramper comme une couleuvre aux pieds d'un seigneur, qui
> se fait nier par ses valets? Et comment pourrais-je ne me pas rebuter de
> ses refus? **Non, mon cher frère, je ne saurais être Français;
> j'aime bien mieux être ce que je suis, que de passer ma vie
> dans ces chaînes. Est-il possible que notre liberté ne
> t'enchante pas!** [...] Y a-t-il des Hurons qui aient jamais refusé à
> quelque autre sa chasse, ou sa pêche, ou toute ou en partie? Ne cotisons-
> nous pas entre toute la nation les castors de nos chasses, pour suppléer à
> ceux qui n'en ont pu prendre suffisamment pour acheter les marchan-
> dises dont ils ont besoin? [...] Cette vie-là est bien différente de celle des
> Européens, qui feraient un procès pour un bœuf ou pour un cheval à
> leurs plus proches parents.[11]

---

[9] Lahontan, p.67. Rousseau (p.196, n.1) distingue très nettement l'amour-propre d'avec
     l'amour de soi-même, "deux passions très différentes par leur nature et par leurs effets.
     L'amour de soi-même est un sentiment naturel qui porte tout animal à veiller à sa propre
     conservation [...]. L'amour-propre n'est qu'un sentiment relatif, factice et né dans la
     société [...]."

[10] On trouvera dans *Nous et les autres: la réflexion française sur la diversité humaine*, de
     Tzvetan Todorov (Paris: Seuil, 1989, coll. Points, 1992), une discussion générale de la
     notion de propriété liée à celle de l'altérité. Que de Chrétiens auraient oublié les paroles
     du Christ rapportées par S. Jean (17.10): "tout ce qui est à moi est à toi, et tout ce qui
     est à toi est à moi."

[11] Lahontan, pp.91-92.

Lahontan ira jusqu'à suggérer que "la nudité ne doit choquer uniquement que les gens qui ont la propriété des biens",[12] et si Adario s'exclame: "Ah! maudite écriture! pernicieuse invention des Européens, qui tremblent à la vue des propres chimères qu'ils se représentent eux-mêmes par l'arrangement de vingt et trois petites figures, plus propres à troubler le repos des hommes qu'à l'entretenir",[13] notion à laquelle Rousseau fera encore écho dans son second *Discours*, ces questions, malgré leur éventuelle pertinence, ne sont soulevées ni dans *l'Abenaki*, ni dans *les Deux Amis*. En revanche, dans ce premier conte, Saint-Lambert illustre bien le sentiment de la pitié dont Rousseau parle longuement et qu'il décèle notamment chez l'homme primitif:

> Il est donc certain que la pitié est un sentiment naturel, qui, modérant dans chaque individu l'activité de l'amour de soi-même, concourt à la conservation mutuelle de toute l'espèce. C'est elle qui nous porte sans réflexion au secours de ceux que nous voyons souffrir: c'est elle qui, dans l'état de nature, tient lieu de lois, de mœurs, et de vertu, avec cet avantage que nul n'est tenté de désobéir à sa douce voix [...]. C'est, en un mot, dans ce sentiment naturel, plutôt que dans des arguments subtils, qu'il faut chercher la cause de la répugnance que tout homme éprouverait à mal faire, même indépendamment des maximes de l'éducation.[14]

Il faut croire que Saint-Lambert abondait dans le sens de Rousseau sur ce point et qu'il a voulu montrer non seulement qu'un Sauvage était capable de pitié mais qu'il pouvait en outre la dispenser avec élégance et grandeur d'âme. Bien des récits de voyages et de contacts avec les indigènes de l'Amérique septentrionale – ceux de Champlain et de Sagard au XVIIe siècle comme ceux de Lafitau et de Charlevoix au XVIIIe – insistent sur la distinction entre "sauvages" et "barbares", au point que l'on a pu écrire que les Sauvages de Lafitau, par exemple, "sont, à bien des égards, les moins barbares des peuples vivant hors de l'Europe."[15]

---

12 Lahontan, p.113. Cf. Rousseau, p.169: "Ce n'est donc pas un si grand malheur à ces premiers hommes, ni surtout un si grand obstacle à leur conservation, que la nudité, le défaut d'habitation, et la privation de toutes ces inutilités, que nous croyons si nécessaires."

13 Lahontan, p.117.

14 Rousseau, pp.198-99.

15 Edna Hindie Lemay, dans son introduction aux *Mœurs des Sauvages américains comparées aux mœurs des premiers temps*, de Jean-François Lafitau (1724), Paris: La Découverte, 1994, t.I, p.37. On voit que cette distinction ne correspond pas à celle que

Les jugements contemporains sur *l'Abenaki* furent tous approbateurs. Diderot estime que ce conte, "le plus court, est certainement le plus beau." Grimm renchérit en réponse: "Je regarde les *Fables orientales*, avec le petit conte de *l'Abenaki*, comme les meilleurs ouvrages de M. de Saint-Lambert, parce qu'indépendamment de l'éloge qu'en fait le Philosophe, j'y trouve réellement du talent, surtout de la grâce et de la sensibilité dans le style, que je désire partout dans les autres productions de cet auteur."

Ziméo

Ni Grimm ni Diderot ne réservent de tels éloges pour *Ziméo*, mais en grande partie parce qu'ils en dénoncent le plagiat et, qui plus est, selon eux, le plagiat en moins bien. L'importance du conte dans l'évolution de la sensibilisation à la pensée abolitionniste ne fait toutefois pas de doute. Il regroupe des idées jusque-là éparses, présentées en passant dans un traité ou comme un épisode passager dans un roman ou un récit de voyage. Jamais auparavant, dans un ouvrage fictif dont ce serait la préoccupation centrale, ne s'était dégagé aussi clairement le point de vue antiesclavagiste qui engagerait tant d'esprits généreux jusqu'au jour où, en 1794, la Convention votera l'abolition de la traite.[16]

Bien que Ziméo soit d'origine africaine plutôt qu'américaine, il est pétri d'une noblesse analogue à celle de l'Abenaki. Si le Z initial de son nom le situe d'emblée parmi les très nombreux Africains fictifs dont c'est l'apanage au XVIIIe siècle, ses lettres de noblesse sont données par le moyen de l'anagramme. En effet, Ziméo est un anagramme de Moïse, archétype même du leader d'un peuple opprimé, dont la forme anglaise avait servi de nom au révolté jamaïquain Moses Bom Sàam dont Prévost avait retracé l'histoire d'après Snelgrave dans les pages du *Pour et contre*

---

fait Montesquieu dans *De l'Esprit des lois* (livre XVIII, ch. XI) entre les "petites nations dispersées" que sont les Sauvages alors que les Barbares sont "des petites nations qui peuvent se réunir", seuls ces derniers ayant en conséquence une idée de propriété. Voir Ann Thomson, "Sauvages, barbares, civilisés: l'histoire des sociétés au XVIIIe siècle", in *Barbares et Sauvages: images et reflets dans la culture occidentale. Actes du colloque de Caen, 26-27 février 1993*, recueillis et présentés par Jean-Louis Chevalier, Mariella Colin et Ann Thomson, Caen: Presses Universitaires de Caen, 1994, pp.79-89, surtout p.83.

16 Napoléon fera révoquer cette loi en 1802 pour revenir *grosso modo* au Code Noir: l'abolition de l'esclavage ne sera définitive dans les colonies françaises qu'en 1848. Voir J.-P. Biondi et Fr. Zuccarelli, *16 pluviôse an II: les colonies de la Révolution*, Paris: Denoël, 1989.

(VI (1734), 342-53) et qui servira de modèle au Ziméo de Saint-Lambert.[17] Dans les années qui suivent la publication du conte, d'autres auront envisagé un personnage analogue où l'on a souvent perçu le prototype de celui qui, le premier, réalisera dans l'histoire une insurrection menant à la liberté d'un peuple noir: Toussaint Louverture. On se réfère souvent, en effet, au "Spartacus nouveau" envisagé dans l'*Histoire philosophique et politique des ... deux Indes* de l'abbé Raynal:

> Où est-il ce grand homme que la nature doit à ses enfants vexés, opprimés, tourmentés? Où est-il? Il paraîtra, n'en doutons point: il se montrera, il lèvera l'étendard sacré de la liberté. Ce signal vénérable rassemblera autour de lui les compagnons de son infortune. Plus impétueux que les torrents, ils laisseront partout les traces ineffaçables de leur juste ressentiment. Espagnols, Portugais, Anglais, Français, Hollandais, tous leurs tyrans deviendront la proie du fer et de la flamme. Les champs américains s'enivreront avec transport d'un sang qu'ils attendaient depuis si longtemps, et les ossements de tant d'infortunés entassés depuis trois siècles, tressailliront de joie.[18]

Cet épisode ne se trouve pourtant pas dans les premières éditions de cet ouvrage, publié d'abord en 1770, mais seulement à partir de l'édition de 1781: l'idée d'un Ziméo historique aurait mis du temps à faire son chemin parmi les philosophes. Il fallait presque l'esprit d'un journaliste pour s'en saisir plus rapidement, et on retrouve cet esprit chez Louis-Sébastien Mercier. Dès la première édition de son roman uchronique, premier d'un genre qui a fait fortune, *l'An deux mille quatre cent quarante*, publié en 1771, cet étonnant écrivain, considéré par beaucoup comme un simple plumitif, imagine, sur le modèle de Ziméo (mais sans que nous ayons des preuves matérielles qu'il ait lu le conte), un personnage analogue:

> Je sortais de cette place, lorsque vers la droite j'aperçus sur un magnifique piédestal un nègre, la tête nue, le bras tendu, l'œil fier, l'attitude noble, imposante. Autour de lui étaient les débris de vingt sceptres. À ses pieds on lisait ces mots: *Au vengeur du nouveau monde!*

---

17 Voir Russell Parsons Jameson, *Montesquieu et l'esclavage: étude sur les origines de l'opinion anti-esclavagiste en France au XVIIIe siècle*, Paris: Hachette, 1911, p.212 et Régis Antoine, *Les Écrivains français et les Antilles: des premiers Pères blancs aux surréalistes noirs*, Paris: Maisonneuve et Larose, 1978, pp.123-24.

18 *Histoire philosophique et politique des établissements et du commerce des Européens dans les deux Indes*, édition de Genève de 1781 (10 vol., t.VI, pp.199-200).

Je jetai un cri de surprise et de joie.

«Oui, me répondit-on avec une chaleur égale à mes transports, la nature a enfin créé cet homme étonnant, cet homme immortel, qui devait délivrer un monde de la tyrannie la plus atroce, la plus longue, la plus insultante. Son génie, son audace, sa patience, sa fermeté, sa vertueuse vengeance ont été récompensés: il a brisé les fers de ses compatriotes. Tant d'esclaves opprimés sous le plus odieux esclavage semblaient n'attendre que son signal pour former autant de héros. Le torrent qui brise les digues, la foudre qui tombe, ont un effet moins prompt, moins violent. Dans le même instant ils ont versé le sang de leurs tyrans: Français, Espagnols, Anglais, Hollandais, Portugais, tout a été la proie du fer, du poison et de la flamme. La terre de l'Amérique a bu avec avidité le sang qu'elle attendait depuis longtemps, et les ossements de leurs ancêtres lâchement égorgés ont paru s'élever alors et tressaillir de joie. Les naturels ont repris leurs droits imprescriptibles, puisque c'étaient ceux de la nature. Cet héroïque vengeur a rendu libre un monde dont il est le dieu, et l'autre lui a décerné des hommages et des couronnes. Il est venu comme l'orage qui s'étend sur une ville criminelle que les foudres vont écraser. Il a été l'ange exterminateur à qui le Dieu de justice avait remis son glaive: il a donné l'exemple que tôt ou tard la cruauté sera punie, et que la Providence tient en réserve de ces âmes fortes qu'elle déchaîne sur la terre pour rétablir l'équilibre que l'iniquité de la féroce ambition a su détruire.»[19]

Le modèle littéraire immédiat qui instruit le personnage de Ziméo est le héros éponyme du roman *Oroonoko* de Mme Aphra Behn, publié en 1688 et traduit en français par Pierre-Antoine de La Place en 1745. Cette traduction eut un succès tel que de nouvelles éditions parurent en 1755, 1756 et 1769, et trois éditions devaient encore paraître avant la fin du siècle. En 1751, Fiquet du Bocage traduisit en français la version théâtrale du roman, faite par Thomas Southerne en 1696. Roger Mercier suggère en effet que "le début de l'exotisme africain en France peut être daté avec précision de la traduction par La Place, en 1745, du roman de Mrs Behn".[20] On ne saurait trop souligner l'importance, dans l'histoire de la pensée et de la littérature abolitionnistes en France, de cet ouvrage dans ses versions tant romanesque que théâtrales. En effet, l'abbé Le Blanc inséra

---

[19] Louis-Sébastien Mercier, *L'An deux mille quatre cent quarante: rêve s'il en fut jamais*, éd. Raymond Trousson, Bordeaux: Ducros, 1971, pp.204–06.

[20] Voir Roger Mercier, 'Les Débuts de l'exotisme africain en France', *Revue de littérature comparée*, 36 (1962), p.197 et *The Works of Aphra Behn*, éd. Montague Summers, Londres, 1915; repr. New York: Blom, 1967, t.5, pp.127-28.

dans ses *Lettres d'un François* des extraits traduits de la version pour la scène, les commentant de la manière la plus flatteuse:

> *Oroonoko* est du nombre de ces Piéces remarquables par les Tableaux vrais et pathétiques, qui font un si grand effet. [...] L'auteur y a peint des traits les plus touchans et les plus forts, la premiere de toutes les vertus; et disons-le à l'honneur des Anglois, celle qui caractérise le plus leur Nation, l'humanité.[21]

Le dénouement de *l'Orphelin de la Chine*, pièce de Voltaire datant de 1755, reprend celui, édulcoré, des versions françaises d'*Oroonoko*, et il n'est pas exclu que des passages de *Candide* en aient été inspirés. Les parallélismes entre *Oroonoko* et *Ziméo* sont certes frappants, mais ils le sont aussi, et parfois davantage, entre le roman de Mme Behn et d'autres romans négrophiles. Que l'on compare ces descriptions du héros africain où la perfection physique, dans la plus pure tradition des *kouroi* grecs, cache à peine une perfection morale et affective:

> [Oroonoko est] pretty tall, but of a shape the most exact that can be fancied; the most famous statuary could not form that figure of a man more admirably turned from head to foot. His Face was not of that brown rusty Black which most of that Nation are, but a perfect Ebony, or polished Jet. His Eyes were the most awful that could be seen, and very piercing; the White of them being like Snow, as were his Teeth. His Nose was rising and *Roman*, instead of *African* and flat: His Mouth the finest shap'd that could be seen; far from those great turn'd Lips, which are so natural to the rest of the Negroes. [Il s'éprendra d'Imoinda,] the beautiful Black *Venus* to our young *Mars*.[22]

---

21 Lettre LVI, t.II, pp.246-62, in J.-B. Le Blanc, *Lettres d'un François*, La Haye, 1745, 3 vols, Lyon, 1758, 3 vols, cité par Edward Derbyshire Seeber, *Anti-Slavery Opinion in France during the Second Half of the Eighteenth Century*, Baltimore, Md: Johns Hopkins Press, Londres: Oxford University Press, Paris: Société d'édition Les Belles Lettres, 1937, p.27.

22 Behn, pp.136-37. "Oroonoko est assez grand, mais de la forme la plus exacte que l'on puisse imaginer; la statuaire la plus célèbre ne saurait figurer un homme plus admirablement fait de pied en cap. Son visage n'avait pas cette couleur noire, brunâtre et comme rouillée, qu'ont la plupart de sa race, mais était d'une ébène parfaite, d'un jais poli. Ses yeux étaient les plus terribles qu'on pût voir, extrêmement perçants; le blanc des yeux était comme de la neige, tout comme ses dents. Son nez était pointu, romain, au lieu d'être africain et aplati. Sa bouche avait la plus belle forme qu'on pût rencontrer, n'ayant rien des grandes lippes que l'on connaît chez les autres nègres. [Il s'éprendra d'Imoïnda] belle Vénus noire pour notre jeune Mars."
    Les superlatifs en disent long sur le caractère de conte de fées d'une telle écriture. Dès le début, les écrivains français campaient le portrait des héros noirs selon des critères européens. Dans le tout premier roman français à avoir un Africain pour

Ziméo étoit un jeune homme de vingt-deux ans: les statues d'Apollon &
de l'Antinoüs n'ont pas des traits plus réguliers & de plus belles
proportions. Je fus frappé sur-tout de son air de grandeur. Je n'ai jamais
vu d'homme qui me parût, comme lui, né pour commander aux autres:
il étoit encore animé de la chaleur du combat; mais en nous abordant,
ses yeux exprimoient la bienveillance & la bonté, des sentiments opposés
se peignoient tour à tour sur son visage; il étoit presque dans le même
moment triste & gai, furieux & tendre. (p.11 ci-dessous)

[La nature] me doua d'un corps robuste, d'une taille élevée; elle y
joignit la beauté de ma nation, un noir de jais, un front large, un œil
perçant, une bouche large et richement meublée. Voilà l'écorce: que
couvroit-elle? une sensibilité profonde, une patience qui tenoit de
l'opiniâtreté, une fierté d'ame pleine de courage, ennemi des obstacles,
une bonté de cœur qui ne peut se nourrir que de bienfaits et de
reconnoissance.[23]

Ces emprunts, d'ordre général, ne seraient pas les seuls dans *Ziméo*.
Diderot fait notamment remarquer que le conte

a excité une petite contestation entre Marmontel et M. de Saint-Lambert.
Vous savez que Marmontel a fait un poème en prose, intitulé *Les
Mexicains*,[24] qu'il se propose de publier l'année prochaine. Il y a dans
l'un des chants de ce poème deux esclaves sauvages ainsi que dans le
conte de Saint-Lambert. Ces deux esclaves qui s'aiment, sont embarqués
sur un vaisseau portugais dans le poème et dans le conte. Marmontel a
fait éprouver au vaisseau un long calme suivi d'une famine et Saint-
Lambert en a fait autant. Les gens de l'équipage s'égorgent et se
dévorent dans les deux ouvrages. Marmontel, plus sage et plus vrai que
Saint-Lambert, montre les deux esclaves amants, se tenant embrassés et
attendant leur dernier moment, tandis que Saint-Lambert les livre à
toute la violence de leur amour; et courant après un de ces contrastes

---

personnage principal, *Histoire de Louis Anniaba* (1740), non seulement sa couleur
n'est jamais mentionnée, mais encore ceux qui le rencontrent le prennent pour un
Européen. Aphra Behn avait déjà fait un pas dans la bonne direction mais son héros
parle quand même plusieurs langues européennes et s'avère "as sensible of Power, as
any Prince civiliz'd in the most refined Schools of Humanity and Learning, or the most
illustrious Courts" (p.136). Sur la très grande influence d'*Oroonoko*, voir Edward D.
Seeber, "*Oroonoko* in France in the XVIIIth century", *Publications of the Modern
Language Association of America*, LI (1936), 953-59.

23   Joseph La Vallée, *Le Nègre comme il y a peu de blancs*, Paris, an 7, t.I, p.19, cité par
Seeber, p.173. C'est le héros, Itanoko, qui se présente. Ce type se répercute encore à
travers toutes les représentations du "bon Nègre": le Ximéo de Mme de Staël, le Bug-
Jargal de Hugo, le Tamango de Mérimée... Un *topos* analogue, qui passe par Othello,
oppose la noirceur de la peau à la blancheur de l'âme.

24   Publié en 1777, ce roman s'intitulera *Les Incas*.

singuliers du terrible et du voluptueux, il peint une jouissance au milieu des horreurs qui désolent l'équipage: voilà la seule différence qu'il y a entre leurs fictions.[25] Il s'agit de savoir s'ils ont imaginé la même chose séparément, ou si M. de Saint-Lambert a eu quelque connaissance du chant de Marmontel, qui était certainement composé avant que *Ziméo* parût. *Non nostrum est tantas componere lites.*[26]

Marmontel ne s'en inquiète pas outre mesure. Dans une note des *Incas*, il écrit: "Dans un conte très-intéressant, intitulé *Ziméo*, imprimé à la suite du poëme des *Saisons*, se trouve une description assez semblable à celle-ci. Mais j'ai pris soin de constater que cette partie de mon ouvrage était écrite et connue avant que le conte de *Ziméo* ne fût fait. L'auteur l'a reconnu lui-même et m'a permis de l'en prendre à témoin."[27] Faute de protestation connue de la part de Saint-Lambert, il faut considérer clos ce chapitre qui en dit pourtant long sur la naissance de l'idée de la propriété littéraire.

Grimm fait un rapprochement artistique d'un autre ordre et va plus loin que Diderot dans sa condamnation de Saint-Lambert:

Le tableau du paysage riant où l'on découvre un tombeau est le tableau sublime et célèbre du Poussin. Au reste, c'est en lisant le troisième conte

---

25 Diderot exagère. Il n'est en effet que l'épisode qu'on retrouve au chapitre XXII des *Incas* de Marmontel qui rapproche les deux récits. Directement inspiré par *la Découverte des Indes occidentales* de Bartolomé de Las Casas, Marmontel élabore autrement les péripéties de ses personnages; ses nobles esclaves, Amazili et Télasco, partagent le devant de la scène avec bien d'autres. À la fin du roman, au chapitre XLVI, Télasco se débat avec deux Espagnols mais Amazili blesse l'un d'eux d'une flèche et Télasco arrive à se dégager pour continuer le combat ailleurs. Mais en ce faisant il délaisse Amazili, qui est prise en otage par les soldats castillans. Valverde, homme d'église nommé pour la garder sur un vaisseau attaché dans le port, souhaite profiter de sa situation et faire le Tartuffe. Plutôt que de succomber, Amazili se donne la mort. Le départ des Espagnols pour d'autres batailles prive enfin Télasco de sa vengeance. Voir Jean-François Marmontel, *Les Incas ou la destruction de l'empire du Pérou*, 1777; édition consultée: Paris: Librairie de la Bibliothèque Nationale, 2 vols., 1895-96. Voir en outre annexe B, pp.55-56.

26 "Observations sur *les Saisons*, poème par M. de Saint-Lambert," *Correspondance littéraire* (15 février et 1ᵉʳ mars 1769), in *Œuvres complètes*, éd. Roger Lewinter, Paris: Club français du livre, t.VIII, 1971, p.37.

27 Marmontel, t.I, p.160, note (1). La bonne foi de Marmontel est toutefois suspecte: il réclame aussi la priorité pour son île enchantée qui s'inspire sans doute de la Cythère classique mais encore et surtout de la description de Tahiti par Bougainville dans son *Voyage autour du monde*, publié en 1771. Gilbert Chinard partage notre scepticisme: Dans *l'Amérique et le rêve exotique dans la littérature française au XVIIᵉ et au XVIIIᵉ siècles*, Paris: Hachette, 1913; édition consultée: Paris: E. Droz, 1934, p.388), il écrit: "Nous ne parlerons pas non plus du paradis sensuel de l'île de Mendoce, qui ressemble par trop à Taïti pour que nous en croyons [*sic*] Marmontel quand il déclare en avoir écrit la description avant la publication des voyages de Bougainville."

de M. de Saint-Lambert, intitulé *Ziméo*, qu'il faut se rappeler cette théorie du philosophe sur le mélange du terrible et du voluptueux; vous y apercevrez à chaque ligne le dessein de l'auteur de vous renvoyer de la terreur à la volupté, et de la volupté à la terreur; et vous n'y êtes pas à la troisième page sans mépriser ce jeu puéril d'escarpolette. Il y a tout juste aussi loin de ce constraste futile et pitoyable au contraste sublime du Poussin, que de la pauvreté et de la mesquinerie du copiste à l'énergie de l'homme de génie.[28]

P.-L. Jacob citera encore Grimm en 1883: "Ce qu'il y a de certain, c'est que ce Ziméo est du faux le plus insipide et le plus puéril que je connaisse."[29] Lui-même n'y trouve que l'intérêt d'un ouvrage précurseur: "*Ziméo* est certainement le plus faible des trois premiers Contes que nous comprenons au nombre des *Chefs-d'œuvres inconnus*; mais on y trouvera un intérêt tout spécial, en reconnaissant qu'il a pu inspirer le roman de *Bug Jargal*, par Victor Hugo."[30]

Plus tard, Servais Étienne, trouvant dans le personnage de Matomba un Fénelon précepteur du dauphin, va jusqu'à affirmer que "Saint-Lambert (c'est sa manie) vous fait passer agréablement du *Télémaque* à Zola. — Lisez, si vous en avez le cœur, l'épisode qu'il intercale ici; il est d'un goût fort douteux: c'est l'une des scènes les plus choquantes de *Germinal*, en moins long."[31] Mais à juste titre, il trouve aussi dans des textes non littéraires des sources du stéréotype du bon sauvage:

> ... le chef nègre ne fera [...] pas mentir une réputation de générosité qui date du P. Dutertre: il se laissera attendrir au spectacle touchant du bon maître défendu par ses esclaves heureux, l'épargnera sur leur prière, et même deviendra son ami. [...]
>
> [*Ziméo* [...] n'a donc pas dû être moins connu que le roman de Mme Behn. L'intérêt des deux œuvres est d'être une instigation latente à la révolte, une justification et même une glorification du rebelle. Le sens en reste encore étroit, puisqu'il ne s'applique formellement qu'aux nègres des colonies; ce n'est donc encore qu'une singularité. Mais n'est-elle pas capable de tenter un lecteur capable de généraliser?

---

[28]   *Correspondance littéraire,*Paris, 1829, t.IV, p.164.

[29]   Saint-Lambert, *Contes*, Paris: Librairie des Bibliophiles, coll. Chefs-d'œuvre inconnus, 1883, pp.xiii-ix.

[30]   Ibid., p.11.

[31]   Servais Étienne, *Les Sources de "Bug-Jargal" avec en appendice quelques sources de "Hand'Islande"*, Bruxelles: L'Académie royale de langue et de littérature françaises, 1923, pp.29-30.

[...]

Elles [ces œuvres] ne cherchent pas à fonder théoriquement le droit à l'insurrection, mais elles ne cachent pas que l'oppression est grosse de la révolte. Elles légitiment à nos yeux la résistance et ses excès, par leur zèle à magnifier les chefs des insurgés, véritables «professeurs d'énergie». [...] Pechméja, vers le même temps, abrège le roman et développe la thèse qu'il enfermait: ainsi, dès 1770, le *fait* de l'insurrection ne sera pas seulement enregistré; c'est le *droit* à l'insurrection qui va être proclamé.[32]

le droit à l'insurrection

Nous voici au cœur de l'intérêt de *Ziméo*, dont l'importance, pour toute la littérature négrophile qui suit, jusqu'à la fin du siècle et après, ne saurait être négligée.

Le choix même d'un narrateur, voire d'un auteur pseudonyme, "né primitif", c'est-à-dire Quaker, de passage chez ses amis de la même secte à la Jamaïque, inscrit le conte dans une ambiance favorable aux Noirs et viserait donc à plus de réalisme que n'exigerait d'ordinaire un conte exotique. Saint-Lambert souhaite en effet que ses lecteurs européens en tirent des leçons morales et pratiques. Le modèle de la tolérance chez les Quakers, mise en relief dans le récit par le phénomène du nègre marron et le souvenir de la révolte des esclaves jamaïquains en 1734,[33] se double d'une exploitation agricole en harmonie avec la terre et ses habitants. L'enseignement des Physiocrates reste implicite dans son conte. Les arguments d'un Bernardin de Saint-Pierre dans son *Voyage à l'Isle de France* (1773) ou, plus développés encore, d'un Condorcet, dans ses *Réflexions sur l'esclavage des Nègres* de 1781, ou d'autres abolitionnistes sensibles au besoin de confondre des négriers par des arguments économiques, feront suite à cette démonstration encore timide de Saint-Lambert.[34]

Établie en Amérique à partir du milieu du XVIIe siècle, la Société des Amis avait très tôt encouragé ses adeptes à s'installer aux Antilles afin de démontrer, par leur traitement des esclaves, l'humanitarisme des uns et l'humanité des autres. C'est l'amiral sir William Penn, père de ce William

---

32 Ibid., pp.30-32.
33 Un chapitre (livre XIV, ch. XXVI) de l'*Histoire ... des Deux Indes* de l'abbé Raynal sera consacré aux soulèvements d'esclaves à la Jamaïque (éd. Benot, pp.252-58).
34 Il n'est pas inintéressant de rappeler que Bernardin fait intervenir dans sa pièce *Empsaël et Zoraïde*, qui est comme une suite au *Voyage à l'Isle de France*, le célèbre Quaker Antoine Bénézet. Voir notre édition publiée aux P. U. d'Exeter en 1995.

qui fonda la colonie de Pennsylvanie, qui conquit la Jamaïque en 1655. Peu
après, quelques Quakers s'y installèrent.[35] En 1769, il fallait bien opposer
certaines opinions dites scientifiques: l'anatomiste Camper n'avait-il pas, en
1764 encore, insisté pour que l'origine des Nègres se trouve dans le
croisement de l'homme blanc et de l'orang-outan?[36] L'historien anglais de
la Jamaïque, Edward Long, n'écrira-t-il pas encore, en 1774, ajoutant
l'autorité du philosophe Hume et de l'évêque Warburton à la sienne propre,
que pour absurde que cela puisse paraître, il est d'avis qu'un mari orang-
outan ne serait pas un choix déshonorant pour une femme hottentote?[37] Il
est heureusement des contemporains plus éclairés. Dans *l'An deux mille
quatre cent quarante*, dont nous avons déjà vu l'intérêt, Louis-Sébastien
Mercier ne laisse pas d'admirer les Quakers de Pennsylvanie, tirant de leur
exemple une leçon générale:

> Comment les Princes du Nord refuseraient-ils de se couvrir d'une gloire
> immortelle en abolissant dans leurs contrées l'esclavage, en rendant au
> cultivateur du moins sa liberté personnelle? Comment n'entendent-ils
> pas le cri de l'humanité qui les invite à cet acte glorieux de bienfaisance?
> Et de quel droit retiendraient-ils dans une servitude odieuse et contraire
> à leurs vrais intérêts la partie la plus laborieuse de leurs sujets,
> lorsqu'ils ont devant les yeux l'exemple de ces Quakers qui ont donné la
> liberté à tous leurs esclaves nègres? Comment ne sentent-ils pas que
> leurs sujets seront plus fidèles, en étant plus libres, et qu'ils doivent
> cesser d'être esclaves pour devenir des hommes?"[38]

Si Saint-Lambert continue à miner un filon littéraire déjà exploité et qui
le sera très largement encore jusqu'à la fin du siècle,[39] c'est pour mieux

---

[35] Voir Rufus M. Jones, assisted by Isaac Sharpless & Amelia M. Gummere, *The Quakers in the American Colonies*, Londres: Macmillan, 1911, p.43.

[36] Voir *l'Homme des Lumières et la découverte de l'autre*, éd. D. Droixhe et Pol-P. Gossiaux, Bruxelles: Éditions de l'Université libre, 1985, p.54.

[37] "Ludicrous as the opinion may seem I do not think that an orangutang husband would be any dishonour to a Hottentot female." *A History of Jamaica*, Londres, 1774, t.II, p.364, cité par Homi K. Bhabha, *The Location of Culture*, Londres, New York: Routledge, 1994, p.91.

[38] *L'An deux mille quatre cent quarante*, p.396.

[39] L'influence de *Ziméo* dépassera les frontières françaises: *Erzählungen von den Sitten und Schicksalen der Negersklaven* de Johann Ernst Kolb (1789), *Die Negersklaven* de Kotzebue (1796) et le quatrième des *Neger Idyllen* de Herder (1797) s'en inspireront en Allemagne; et le R. P. Weeden Butler en fera une version anglaise, *Zimao, the African*, en 1800. De sa perspective anglophone et anti-abolitionniste, Wylie Sypher (*Guinea's Captive Kings*, New York: Octagon Books, 1969, pp.313-16) juge sévèrement le conte, l'appelant "that monument of cultivated savagery". Il se méprend sur l'apport de

prendre parti dans un débat tout d'actualité qui ne s'atténuera qu'une fois la Révolution accomplie, mais qui aura ultérieurement, en d'autres termes et sous d'autres cieux, le regain d'intérêt que nous lui connaissons. Régis Antoine va jusqu'à dire qu'"avec Saint-Lambert, on franchit le seuil de l'anti-esclavagisme et on aborde ce qui pourrait être appelé, dans une problématique moderne, l'anti-racisme".[40] Débaptiser Ziméo pour l'appeler John, c'est déjà pressentir la crise d'identité dont le Noir a si souvent conscience. La percée au-delà des noms d'emprunt coïncide avec les retrouvailles des êtres aimés: Francsique se révèle être Matomba, Marien redevient Ellaroé, seul l'enfant reste à nommer. Les sentiments contradictoires qui pénètrent le héros – "ses yeux exprimoient la bienveillance & la bonté" lorsqu'il se présente, couvert de sang, déclarant que "c'est pour épouvanter le méchant que je ne donne point de bornes à ma vengeance" (p.11) – sont ceux qui relèvent d'une immense injustice historique à partir de laquelle on souhaite rétablir un nouvel équilibre plutôt qu'une nouvelle injustice. Les passions et les vraies valeurs humaines l'animent, alors qu'il attribue à l'homme blanc la seule passion de l'or. Léopold Sédar Senghor ne pensera pas autrement lorsqu'il fera du règne minéral l'attribut essentiel de l'homme blanc, alors que le Noir, nu-pieds, maintiendra un contact non moins essentiel avec la terre.[41] "Hommes de paix, n'éloignez pas vos cœurs du malheureux Ziméo" devient un refrain dans la bouche de ce dernier et tout son récit appelle la sympathie du lecteur. Le cri sera repris avec plus (Césaire) ou moins (Senghor) de colère par les écrivains de la Négritude. L'un et l'autre, comme tous ceux qui reconnaissent aujourd'hui l'insigne injustice de la traite et de l'esclavage, abondent dans le sens de Saint-Lambert: "Il n'est pas plus vrai que les nègres en général soient paresseux, frippons [*sic*], menteurs, dissimulés; ces qualités sont de l'esclavage & non de la nature"; ou encore "ce sont les

(Wright)

Butler par rapport à l'original: "No work contains so much of the sophistry of anti-slavery, the sophistry of the Amis des Noirs. No work appeals so illegitimately to the sensibility. No work so glaringly juxtaposes the noble Negro with the bestial slave. Each absurdity of the Oroonoko tradition is betrayed by this ecclesiastical Rousseauist, the gravity of whose intention is proved by the comments on slavery that he adds to the French story. [...] Attach a serious ethical import to such brutalism [d'*Oroonoko*], and the sensational becomes, immediately, revolting. Zimao is a symbol of aesthetic and moral callousness; the noble Negro can in one sense be called the invention of the White Barbarians."

[40] Régis Antoine, p.131.
[41] Voir par ex. "À New York" in *Éthiopiques*, Paris: Seuil, 1956, pp.53-57.

circonstances & non pas la nature de l'espèce qui ont décidé de la supériorité des blancs sur les nègres"; et enfin "votre argent ne peut vous donner le droit de tenir un seul homme dans l'esclavage" (pp.21, 22, 23 ci-dessous).

Indépendamment de *Ziméo*, "transparent apologue" de la cause anti-esclavagiste,[42] Saint-Lambert s'est longuement penché, en dehors de toute littérature, sur la cause des Noirs. En témoignent, dans l'ordre chrono-logique, une note relative à un vers des *Saisons* (voir annexe C, pp.57-59), les réflexions qui suivent le conte de *Ziméo* proprement dit (pp.21-23 ci-dessous) et, *last but not least*, ses "Réflexions sur les moyens de rendre meilleur l'état des nègres ou des affranchis de nos colonies", datant sans doute de 1787, texte que Michèle Duchet a eu l'immense bonheur et le mérite d'avoir retrouvé parmi les papiers de Moreau de Saint-Méry (voir annexe D, pp.60-68).[43] Il s'en dégage un souci constant de chercher à faire comprendre à ses lecteurs la relativité des cultures, le droit des Noirs à une considération d'humanité égale, l'amélioration de leur sort. Il contribue de la sorte à un courant de pensée abolitionniste dont la générosité et la bonne foi ne sont pas en cause mais qui, pétri du paradoxe central qu'il n'est ni antiexpansionniste ni même anticolonialiste, maintient en fait des rapports hautement paternalistes entre le bon maître et le bon nègre (que représentent à souhait Wilmouth et ses fidèles travailleurs).

Les Deux Amis

Explicitement, comme chez Lafitau, ou implicitement, on faisait volontiers le rapprochement entre les Sauvages et les hommes des premiers temps. Nous avons vu que Ziméo avait les traits des statues d'Apollon. Une innocence commune faisait des "primitifs" l'étalon de la chute effectuée par les sociétés modernes et européennes, et pour mieux châtier ces dernières on mettait souvent en valeur celui qui, comme le Huron de Voltaire, "n'ayant rien appris dans son enfance, n'avait point appris de préjugés."[44] Saint-Lambert choisit toutefois non pas de gentils Hurons, amis de la

---

[42] Michèle Duchet, *Anthropologie et histoire au siècle des Lumières: Buffon, Voltaire, Rousseau, Helvétius, Diderot*, Paris: Maspéro, 1971, p.169.

[43] Voir ibid., pp.181-93 pour le document, précédé pp.177-80 par un commentaire détaillé. On peut verser au dossier des remarques faites dans l'article "Transfuge" de l'*Encyclopédie* et dans le *Discours prononcé l'Académie française le lundi 29 décembre 1788, à la réception de M. le chevalier de Boufflers*, Paris: Demonville, 1789.

[44] *L'Ingénu*, chap. XIV.

France, mais bien la tribu dont le nom était devenu – comme plus tard les Kroumirs ou les Chleuhs – une insulte en métropole. En 1759, le *Dictionnaire de la langue française* de Pierre Richelet définit comme suit les Iroquois: "Peuple cruel et féroce du Canada. On dit aussi d'un homme qu'il est un Iroquois pour dire qu'il est impoli, dur, grossier ou même peu intelligent."[45] Le défi ainsi relevé, Saint-Lambert porte à notre attention les qualités exemplaires de ses amis iroquois suivant les modèles classiques de la parfaite amitié mâle – Oreste et Pylade, Achille et Patrocle, Harmodius et Aristogiton, Damon et Pythias – tout en soulignant la générosité, logique et pourtant si étrange à nos yeux, du ménage à trois.

Lafitau souligne l'importance de l'amitié masculine chez les Sauvages et rappelle explicitement le modèle antique:

Ces liaisons d'amitié, parmi les Sauvages de l'Amérique septentrionale, ne laissent aucun soupçon de vice apparent, quoiqu'il y ait, ou qu'il puisse y avoir beaucoup de vice réel. Elles sont très anciennes dans leur origine, très marquées dans leur usage constant, sacrées, si je l'ose ainsi dire, dans l'union qu'elles forment, dont les nœuds sont aussi étroitement serrés que ceux du sang et de la nature, et ne peuvent être dissous, qu'à moins que l'un d'eux s'en rendant indigne par des lâchetés qui déshonoreraient son ami, l'obligeât à renoncer à son alliance, ainsi que quelques missionnaires m'ont dit en avoir vu des exemples. Les parents sont les premiers à les fomenter et à en respecter les droits; elles sont honorables dans leur choix, étant fondées sur un mérite mutuel à leur façon, sur la conformité des mœurs, et sur des qualités propres à exciter l'émulation, laquelle fait souhaiter à un chacun d'être ami de ceux qui sont les plus considérés et qui méritent mieux de l'être.

Ces amitiés s'achètent par des présents que l'ami fait à celui qu'il veut avoir pour ami; elles s'entretiennent par des marques mutuelles de bienveillance; ils deviennent compagnons de chasse, de guerre, et de fortune; ils ont droit de nourriture et d'entretien dans la cabane l'un de l'autre. Le compliment le plus affectueux que puisse faire l'ami à son ami, c'est de lui donner ce nom d'ami; enfin ces amitiés vieillissent avec eux, et elles sont si bien cimentées qu'il s'y rencontre souvent de l'héroïsme, comme entre les Orestes et les Pylades.[46]

---

45 Cité par Alain Ruscio, *Le Credo de l'homme blanc*, Bruxelles: Complexe, 1995, p.172. Chinard rappelle que les Indiens, dépeints par Lafitau et Charlevoix par exemple, "n'étaient pas uniformément bons [...]. À côté des innocents Caraïbes se trouvaient des Cannibales très authentiques, à côté de dociles et vertueux Hurons de cruels et irréductibles Iroquois." (*L'Amérique et le rêve exotique*, p.361).

46 Lafitau, t.I, p.181.

Après avoir évoqué l'harmonie qui règne dans les familles étendues iroquoises, le prêtre-anthropologue note au passage un trait qui nous intéresse au plus haut point: "la polygamie, qui n'est pas permise aux hommes, l'est pourtant aux femmes chez les Iroquois Tsonnontouans, où il en est, lesquelles ont deux maris, qu'on regarde comme légitimes."[47]

Saint-Lambert n'est certes pas le premier romancier à provoquer la réflexion sur des relations qui, du point de vue européen, seraient hétérodoxes et inadmissibles. Jean-Henri Maubert de Gouvest, dans ses *Lettes iroquoises* de 1752, ne se fait pas faute de jouer l'innocent à l'instar du Montesquieu des *Lettres persanes*. Aussi, dans la huitième lettre que Igli adresse au "vénérable Alha" resté en pays iroquois, écrit-il: "Apprens à mes enfans à s'aimer mutuellement: & dès qu'il [*sic*] seront nubiles, unis chaque frère avec sa sœur, selon leur choix & leur volonté, embrasse mille fois ma chère *Glé*, ma sœur, & mon épouse: dis lui que le Grand Esprit m'a donné quatre enfans ici, afin qu'elle s'en réjouisse avec moi."[48] Comme le voudraient Rousseau, Saint-Lambert et bien d'autres, mais sans bien en examiner tous les paradoxes, Maubert prône des mœurs et partant une religion naturelles: "Nos Iroquois ne connoissent qu'une seule & unique Loi dans leurs deserts, c'est d'obéir à la Nature."[49]

Plus proche encore des Iroquois de Saint-Lambert serait *l'Homme sauvage* de Mercier, où le Chébutois Zidzem, élevé dans un isolement total avec sa sœur Zaka, lui fait innocemment un enfant avant de venir en aide à un Anglais blessé, fuyant ses bourreaux espagnols. Zidzem est mû par son amitié croissante, "cette noble passion": "Ce charme mutuel de l'amitié, si longtems desiré, je me le promis avec cet Anglois. Tout ce qu'il me disoit me le rendoit cher: il m'instruisoit, il m'éclairoit; j'avois soif de sa conversation; il devint mon ami, mon ami inséparable."[50] La suite, pour logique qu'elle soit, ne manque pas de surprendre:

---

[47] Ibid., t.I, pp.142-43. Dans leur introduction au livre de Samuel de Champlain, *Des sauvages* (Montréal: Typo, 1993, pp.26-27), Alain Beaulieu et Réal Ouellet précisent que "les Iroquois se subdivisent en cinq nations (Agniers, Onneiouts, Onontagués, Goyogouins et Tsonnontouans) regroupées dans une ligue dont les origines restent inconnues. [...] Très tôt, la politique des marchands français sera de s'associer aux Montagnais, aux Algonquins et aux Hurons contre les Iroquois."

[48] Anonyme, *Lettres iroquoises*, Irocopolis: chez les Vénérables, 1752, t.I, p.38. Pour des extraits, voir annexe E, pp.69-73.

[49] Ibid., 23e lettre, t.I., p.122.

[50] Louis-Sébastien Mercier, *L'Homme sauvage*, Neuchâtel: Société typographique, 1784, p.111 (1ère édition, 1767).

La résolution que je pris vous étonnera; mais elle me fut inspirée par la pitié, par la bonté naturelle de mon cœur, par je ne sais quel sentiment. Je me déterminai à partager avec mon ami la possession de Zaka. [...] J'aimois Zaka, j'aimois Lodever; je voulois le bonheur de l'un & de l'autre; [...].[51]

En l'occurrence, l'amitié sera vivement déçue. L'Anglais Lodever la trahira, Zidzem et Zaka seront instruits des tabous européens concernant l'inceste,[52] et alors que le Chébutois se retirera à Kilkenny, en Irlande, sa sœur ne retrouvera une certaine paix – précurseur en cela d'Amélie, sœur du René de Chateaubriand – qu'en prenant le voile.

Quant au gouvernement interne et externe de certaines peuplades américaines, dont les Iroquois, Lafitau insiste dans ses *Mœurs des sauvages amériquains* sur son excellence.[53] Le "Mémoire sur les coutumes & usages des cinq Nations Iroquoises du Canada" dont Saint-Lambert s'inspire explicitement (voir p.29 ci-dessous et annexe F, pp.74-80) reprend cette idée et commence en effet par un éloge du bon gouvernement iroquois: c'est un peuple qui "se conduit avec beaucoup de justice & de charité au-dedans, et de bonne foi au-dehors. [...] Chez les Iroquois, les exemples de la violation des traités sont rares: aussi leur alliance est-elle extrêmement recherchée par les autres nations." Saint-Lambert emprunte plus d'un trait à ce mémoire anonyme. Le concept du *Manitou* et du *Grand Esprit* y est clairement exposé par exemple; et le traitement des prisonniers de guerre y est celui que subit Mouza dans le conte. Le mémoire rappelle aussi que les Iroquois "sont obligés d'aller au loin pour chasser". En revanche, les descriptions de la nature sont plutôt empruntées aux récits de voyage, déjà nombreux, qui comportaient, depuis plus d'un siècle, l'évocation des chutes du Niagara (voir planche, p.xxviii). Ainsi que le reconnaît Gilbert Chinard, "les deux amis manquent de disparaître dans la cataracte et se sauvent en employant des procédés analogues à ceux dont Chateaubriand fera usage plus tard."[54]

---

[51] Ibid., pp.146-47.

[52] Un Jésuite s'explique: "[...] les loix naturelles avoient été nécessairement suivies par les premiers adorateurs du vrai Dieu; sans cela, comment l'univers se seroit-il peuplé? [...] mais aujourd'hui toutes les loix nouvelles nous condamnoient", ibid., pp.246-47.

[53] Lafitau, t.I, pp.75-76.

[54] *L'Amérique et le rêve exotique*, p.420, n.1. Par ailleurs, à la même page, Chinard écrit: "Si les *Deux Amis* n'annoncent pas *Atala*, ils font au moins, pressentir la *Lettre de chez les Sauvages* envoyée à M. de Malesherbes par le futur auteur d'*Atala*."

Chutes du Niagara,
Louis Hennepin, 1698

La Grande Cataracte du Niagara,
Thomas Davies, 1768

Au cœur du roman s'installe toutefois, dès le titre, la notion de l'amitié, notion chère aux philosophes classiques, que Saint-Lambert prolonge, en dehors de toute fiction, dans des réflexions pédagogiques (voir annexe G, pp.81-84). On y lit notamment:

> La bienveillance mutuelle de deux ames vertueuses et sensibles qui s'unissent pour diminuer leurs peines et leurs défauts et pour augmenter leurs plaisirs et leurs vertus. Voilà l'amitié qui, pour me servir de l'expression de Cicéron, est à l'ame ce que le soleil est à l'univers [...].
>
> Deux amis s'apprendront l'art de réprimer en eux les premiers mouvemens, il se rameneront à l'ordre dont les fantaisies, l'esprit d'imitation, leurs intérêts mal entendus les auraient écartés; ils repasseront ensemble leurs devoirs différens, ils se diront celui qu'ils doivent suivre de préférence, et dans quels momens ils doivent le suivre.
> L'amitié double les forces, les vertus, les talens, les moyens [...]. Deux amis, tels que je désire que soient les amis, percent dans la nuit des intrigues, déconcertent les cabales, en imposent à la fraude, font taire la calomnie, se montrent les ressources, les perfections, les consolations, les jouissances qui sont à leur portée.[55]

Tolho et Mouza incarnent cette parfaite amitié, la poussant jusqu'au ménage à trois pleinement consenti, au-delà donc non seulement de toutes les épreuves physiques qu'ils partagent mais encore de l'épreuve morale qu'ils s'imposent.[56] Certes, ils ne sont pas exempts de réactions jalouses, mais les conseils de leur profonde amitié, auxquels se joignent ceux de leur mentor Cheriko et la parfaite discrétion d'Erimé, les amènent à une entente qui défie les normes européennes et même, de l'aveu de l'auteur, iroquoises. Que Saint-Lambert ait longuement réfléchi sur l'amitié ne fait donc pas de doute: il avait pour modèle ses relations soutenues avec le maréchal-prince de Beauvau-Craon. Il serait tentant, mais imprudent vu l'état de nos connaissances de sa biographie intime, de songer que ses jeux de l'amour et du désir – avec Voltaire et Mme du Châtelet d'abord, avec Rousseau et Mme d'Houdetot ensuite, avec M. et Mme d'Houdetot enfin[57] –

---

55 *Œuvres philosophiques*, Paris: H. Agasse, t.III, An V de la République (1797 *vieux style*), pp.76-77, 79. Voir ci-dessous, p.83.

56 François Truffaut exploitera ce thème dans son film *Jules et Jim* (1961).

57 Voir Roger Poirier, "Le Thème du mariage (ou ménage) à trois dans l'œuvre et la vie de Saint-Lambert", in *Transactions of the Eighth International Conference of the Enlightenment, Bristol, 21-27 July 1991*, Oxford: The Voltaire Foundation, 1992, t.III, pp.1716-18.

l'aient entraîné vers des permutations et des arrangements inhabituels. Ne sacrifions donc pas à de telles spéculations psychanalytiques, et passons à des considérations plus solidement fondées.

Poèmes en prose

Au tout début du XVIIIe siècle, Boileau parle dans sa lettre à Perrault de "ces poèmes en prose que nous appelons *Romans*"[58] et nous avons vu (p.xix ci-dessus) que Diderot n'hésite pas à appliquer le terme de poème en prose aux *Incas* de Marmontel. Dans sa *Lettre à l'Académie* de 1714, Fénelon, dont le célèbre *Télémaque* sera le modèle de tant de poèmes en prose, met en doute la vertu, jusqu'alors sacro-sainte, du vers traditionnel et semble annoncer l'acception et l'acceptation modernes du poème en prose:

> Notre versification perd plus, si je ne me trompe, qu'elle ne gagne par les rimes: elle perd beaucoup de variété, de facilité et d'harmonie. Souvent la rime, qu'un poète va chercher bien loin, le réduit à allonger et à faire languir son discours; il lui faut deux ou trois vers postiches pour en amener un dont il a besoin. On est scrupuleux pour n'employer que des rimes riches, et on ne l'est ni sur le fond des pensées et des sentiments, ni sur la clarté des termes, ni sur les tours naturels, ni sur la clarté des expressions. La rime ne nous donne que l'uniformité des finales, qui est ennuyeuse, et qu'on évite dans la prose, tant elle est loin de flatter l'oreille.[59]

Un commentateur de l'époque renchérit:

> On peut faire des Vers sans Poësie, & être tout Poëtique sans faire des Vers. On peut imiter la versification par art, mais il faut naître Poëte. Ce qui fait la Poësie, n'est pas le nombre fixe & la cadence réglée des syllabes; mais la fiction vive, les figures hardies, la beauté et la variété des images. C'est l'entousiasme, le feu, l'impetuosité, la force, un je-ne-sai-quoi dans les paroles & les pensées, que la nature seule peut donner.[60]

---

[58] Cité par Suzanne Bernard dans sa magistrale étude sur *le Poème en prose de Baudelaire jusqu'à nos jours*, Paris: Nizet, 1959, p.22.

[59] *Lettre à l'Académie*, éd. Maxime Roux, Paris: Larousse, Classiques Larousse, 1934, pp.34-35. Fénelon ajoute toutefois: "Je n'ai garde néanmoins de vouloir abolir les rimes. Sans elles notre versification tomberait."

[60] Anonyme (attribué ailleurs à Sir Andrew Ramsay), "Discours de la poësie épique et de l'excellence du poëme de Télémaque", en guise d'introduction à la nouvelle édition (*Augmentée & Corrigée* sur le Manuscrit Original de l'Auteur) des *Avantures de Télémaque* de Fénelon publiée à Amsterdam, chez Les Wetsteins, en 1719.

C'est un point de vue qui fera subrepticement son chemin avant d'éclater au grand jour sous la plume d'un Baudelaire ou d'un Rimbaud, mais sans jamais l'emporter dans l'esprit du public sur le point de vue traditionnel.

Même si les contemporains de Saint-Lambert pouvaient qualifier de poème en prose l'ensemble des *Deux Amis*, nous voulons plutôt attirer l'attention ici sur les trois chants lyriques en prose qu'il y insère, tout comme Marmontel le fait pour sa prière au soleil dans *les Incas* et comme Chateaubriand le fera pour ses "chansons indiennes" dans *Atala*. À notre connaissance, ces exemples du poème en prose à ses débuts n'ont jamais été répertoriés, ni, partant, considérés dans l'évolution de ce genre, sans doute hybride, mais combien riche en possibilités.[61]

Dans le conte iroquois de Saint-Lambert, c'est Erimé (voir p.30 ci-dessous) qui profère – gaiement malgré sa tristesse – la première chanson indienne au moment où ses amis partent pour la pêche. Son nom même semble renvoyer à l'idée du poème non versifié. Certaines techniques du poème en prose pour suppléer à l'abandon de la rime sont déjà bien en place dans son chant, et tout d'abord la répétition. Autour du susurrement des soupirs soutenus des filles du village iroquois (la séquence "Ils partent, & les Filles d'Ontaïo soupirent. Pourquoi soupirez-vous, Filles d'Ontaïo?" fait place à "Ils partent, & les Filles d'Ontaïo soupirent. Ne soupirez pas, Filles d'Ontaïo") s'esquisse une évolution narrative d'une parfaite symétrie: "Ils partent les deux Amis" / "ils reviendront les deux Amis". Le passé qui ne doit laisser aucun regret – "Mouza & Tolho n'ont point veillé à la porte de vos cabanes" – le cède au futur où "ils viendront à vos cabanes & vous serez heureuses". La louange des deux amis est au cœur du poème puisque c'est elle qui occupe le plus clair de l'alinéa central: "Les deux Amis sont deux Mangliers en fleurs: leurs yeux ont l'éclat de la rosée au lever du soleil: leurs cheveux sont noirs comme l'aile du corbeau."

On croit reconnaître déjà les accents d'un Évariste Parny, dont les *Chansons madécasses* de 1787 ne se donnaient pour des traductions du

---

[61] Aussi Saint-Lambert n'est-il nulle part mentionné dans la très complète étude de Vista Clayton, *The Prose Poem in French Literature of the Eighteenth Century*, New York: Columbia University, 1936. Serait par ailleurs à verser au dossier l'épisode pré-romantique, rêverie d'un promeneur solitaire avant la lettre, nocturne en l'occurrence, à placer entre les *Nuits* d'Edward Young et les passages les plus lyriques d'*Atala*, que L.-S. Mercier consacre à "L'Éclipse de lune" dans le 27e chapitre de *l'An deux mille quatre cent quarante*. Pour une étude générale récente du poème en prose de cette époque, voir H. Jechova, Fr. Mouret, J. Voisine, éd., *La Poésie en prose des Lumières au Romantisme*, Paris: Presses de l'Université de Paris-Sorbonne, 1993.

malgache qu'afin de bénéficier de la mode des versions en prose de poésies étrangères, mode à laquelle avait sacrifié Mme Bontemps dans sa traduction des *Saisons* de Thomson (1759) qui avaient tant inspiré Saint-Lambert. La brièveté même des *Chansons madécasses* et leur détachement de tout contexte narratif, ne laisseront pas de porter leurs fruits chez Aloysius Bertrand, considéré comme le père du poème en prose moderne.

La souplesse même du genre est appréciée de Saint-Lambert, lui qui devait pourtant sa renommée aux vers des *Saisons*, et les trois poèmes en prose des *Deux Amis* sont comme traduits de l'iroquois. Plus loin dans le roman, prisonnier des Outaouais et victime de leurs cruelles tortures, Mouza vantera le courage des Iroquois dans un chant en prose (pp.42-43 ci-dessous). À l'instar du fondateur des Quakers, ainsi que le raconte Voltaire dans la troisième de ses *Lettres philosophiques*, il prie ses tortionnaires "de lui appliquer encore quelques coups de verges pour le bien de son âme. Ces Messieurs ne se firent pas prier; Fox [comme Mouza à sa suite] eut sa double dose, dont il les remercia très cordialement." L'anaphore des deux premiers vers ("J'ai vu vos prisonniers") est suivie d'un "mais" qui permet de comparer les tribus rivales au détriment des étrangers. Les deux derniers alinéas sont en revanche consacrés, l'un aux Outaouais, l'autre aux "vaillans Iroquois", mais toujours pour souligner le courage des derniers et chaque fois pour préférer une mort glorieuse à une vie indigne de captif. Le mot de la fin résume à lui seul une résignation de héros: son "Adieu" résonne toutefois comme un défi à la mort dont il est menacé.

Enfin le troisième et dernier poème en prose du roman change encore d'objet tout en variant les techniques de la répétition. Ce poème (p.49 ci-dessous) consiste en cinq alinéas légèrement plus courts que les trois du premier et les quatre du deuxième. On se dirait en plein romantisme tant le lyrisme de l'amour est lié au thème d'une nature douce devant une aube naissante. "J'aime" figure deux fois en anaphore et quatre fois en épiphore, comme si la force du mot-phrase final du deuxième poème, "Adieu", préparait le terrain largement défriché déjà par la ritournelle de la chanson populaire. Le refrain, quelque bref qu'il soit, répétition verbale, rythmique ou purement formelle, fournira aux poètes en prose, de Parny à Bertrand, de Guérin à Rimbaud, de Reverdy à Saint-Pol Roux, une assise, une armature, un tremplin.

Un écrivain généreux

Edward Said, écrivant avec sa force et sa pertinence habituelles, rappelle que Homi K. Bhabha avait souligné que les nations *sont* des narrations[62] et poursuit:

> Le pouvoir de narrer, ou d'empêcher d'autres narrations de se créer et de se développer, est très important dans la culture et l'impérialisme, et constitue l'un des tenons qui les lient. Plus importantes encore, les grandes narrations de l'émancipation et des Lumières incitèrent les peuples du monde colonisé à s'insurger, et à rejeter le joug colonial; dans le même temps, beaucoup d'Européens et d'Américains se sont sentis touchés par ces récits et leurs protagonistes, et luttèrent à leur tour pour de nouvelles narrations d'égalité et de communauté humaine.[63]

On a vu que les contes de Saint-Lambert s'inscrivent bien dans l'histoire de leur temps, sur la toile de fond d'un empire démantelé par le traité de Paris. Mais ils participent à la fois *de* et *à* la narration des différentes nations concernées. Il ne faut toutefois pas supposer que seules soient concernées les différentes ethnies américaines, indigènes ou originaires d'Afrique. L'Europe aussi est engagée dans une évolution tout aussi importante: elle peut suivre son penchant pour l'exploitation d'autrui ou bien reconnaître ses excès, redresser ses torts, et vivre de concert avec l'autre. On voit bien ainsi que les événements du milieu du XVIIIe siècle tels que les représente Saint-Lambert ne sont nullement étrangers aux préoccupations de notre époque. Ses contes abenaki, afro-américain et iroquois traitent de questions contemporaines autant pour lui que pour nous. Les guerres ont certes changé de lieu, l'esclavage de nature, l'exploitation – tant de la nature que des hommes – d'envergure. Saint-Lambert choisit pour ses récits des moments de haute tension qu'il semble vouloir exploiter certes pour leur valeur d'actualité – les guerres en

---

[62] Voir Homi K. Bhabha, *Nation and Narration*, Londres: Routledge, 1990.

[63] "The power to narrate, or to block other narratives from forming and emerging, is very important to culture and imperialism, and constitutes one of the main connections between them. Most important, the grand narratives of emancipation and enlightenment mobilized people in the colonial world to rise up and throw off imperial subjection; in the process, many Europeans and Americans were also stirred by these stories and their protagonists, and they too fought for new narratives of equality and human community." Edward Said, *Culture and Imperialism*, Londres: Chatto & Windus, 1993, p.xiii.

Amérique, les abus des négriers – mais, en soulignant l'importance de la fraternité humaine, qu'il souhaite surtout apaiser, calmant par le truchement de sa leçon de tolérance les esprits échauffés par la violence et mus par la rancune.

La colonisation, tout comme l'esclavagisme, serait ainsi pour Saint-Lambert matière à exploiter, alors que pour d'autres ce sont les colonies et les esclaves qui jouent ce rôle. Son exploitation à lui, littéraire et morale, reconnaît – parfois ouvertement comme dans *Ziméo*, où il dénonce les abus des mauvais maîtres (dont son Espagnol, stéréotype du propriétaire abusif) – l'injustice de celle, matérielle et humaine, qui lui fournit son point de départ. De la marâtre et de l'enfant, qui dira l'héritage? Rétablir Saint-Lambert n'est sans doute que justice, mais son œuvre a peu de poids, mesurée à l'incompréhension de l'autre et à l'insigne méfait de la traite dont il dénonce toute l'injustice et l'absurdité. C'est en effet l'amitié de l'autre qui est au cœur de ces trois contes, et leur leçon demeure ainsi d'une valeur incontestable. Tant qu'on n'aura pas entendu cette voix, l'exploitation capitaliste tout autant que le fanatisme intégriste, sous quelque forme qu'ils se présentent, nous guetteront. Un récent titre du *Monde* proclame: "Les Peaux-Rouges ne sont pas des sauvages", et le dessinateur Pessin de commenter par la même occasion le truisme selon lequel il n'existe qu'une race humaine, unique et mortelle (voir p.xl).[64] Plus savamment, Claude Lévi-Strauss nous permet de mettre enfin à l'actif de Saint-Lambert son activité d'écrivain généreux:

> La tolérance n'est pas une position contemplative, dispensant les indulgences à ce qui fut ou à ce qui est. C'est une attitude dynamique, qui consiste à prévoir, à comprendre et à promouvoir ce qui veut être. La diversité des cultures humaines est derrière nous, autour de nous et devant nous. La seule exigence que nous puissions faire valoir à son endroit (créatrice pour chaque individu des devoirs correspondants) est qu'elle se réalise sous des formes dont chacune soit une contribution à la plus grande générosité des autres.[65]

R. L., chez Max Rouquette, Montpellier, le 7 août 1996

---

[64] *Le Monde*, 17 avril 1996.
[65] Claude Lévi-Strauss, *Race et histoire*, Paris: Denoël, coll. Folio/Essais, 1992, p.85 (1ère édition 1952).

NOTE TECHNIQUE

Notre texte est celui, pour *l'Abenaki* et *Zimeo*, de l'édition des *Saisons* de 1769 où ces contes font suite, parmi d'autres textes, au poème de Saint-Lambert. Sur les deux éditions de l'ouvrage parues en 1769, nous avons préféré celle, in-8°, qui comporte (p.367) une page d'errata dont les leçons – qui ne concernent en l'occurrence ni *l'Abenaki* ni *Ziméo* – sont incorporées dans l'autre, in-12°. La publication de l'*Aventure d'un jeune Officier Anglois chez les Sauvages Abenakis*, annoncée dans le *Catalogue hebdomadaire* (VII, 1765), version pré-originale de *l'Abenaki*, serait un tirage à part de sa parution dans la *Gazette littéraire de l'Europe* du 3 février 1765. Malgré nos efforts, suite à ceux des responsables de la précieuse *Bibliographie du genre romanesque français, 1751-1800*,[66] cette publication nous échappe. En revanche, nous signalons en note, sous le texte définitif de *l'Abenaki*, et précédées du sigle *GL*, les variantes du texte de la *Gazette littéraire*. Nous n'y indiquons pourtant pas les menus changements de mise en paragraphe, de ponctuation, d'orthographe, de lettres majuscules et d'accents.

Pour *les Deux Amis*, nous avons suivi l'édition de 1770 en indiquant la numérotation originale des pages afin que la page d'errata garde son sens (dans le texte même, nous signalons ces corrections par un astérisque entre crochets, les mots retranchés étant entre crochets, les ajouts sans crochets), et cet usage s'est donc étendu aux autres contes. Les précisions bibliographiques des éditions utilisées sont données ci-dessous, p.xxxvii.

Nous avons en tous points respecté l'orthographe et la syntaxe de ces éditions originales, n'y attirant l'attention que lorsque l'une ou l'autre présente un intérêt particulier ou que sa transcription risque de paraître suspecte. Nous avons respecté jusqu'au nombre de points de suspension utilisé aux différents endroits. L'emploi généralisé des terminaisons en –ens/–ans (parens & enfans) et en –ois/–oit (l'Anglois voyoit), de l'esperluette, et des formes orthographiques de l'époque, souvent flottantes, qui ne risquent pas d'induire en erreur (ame, aussi-tôt, chûte, foible, jetter, loix, long-tem[p]s, par-tout, playe, plûpart, rappeller, sçavoir, yvre...), même

---

[66] Voir A. Martin, V. Mylne et R. Frautschi, *Bibliographie du genre romanesque français, 1751-1800*, Londres: Mansell, Paris: France Expansion, 1977, p.105 (item 65.47).

quand elles sont variables d'une occurrence à l'autre (on trouve "frere" et "frère" par exemple, ou "tems" et "temps"), ne mérite pas qu'on s'y attarde. De même, nous ne signalons pas les accents aléatoirement manquants. Faute de pouvoir reproduire en facsimilé toutes les vignettes et autres devises, nous en indiquons l'emplacement, reprenant approximativement en outre les traits d'imprimerie qui jalonnent éventuellement la page.

La page de titre des deux éditions anonymes de 1769 des *Saisons* où sont présentés pour la première fois les trois contes, *l'Abenaki, Sara Th...* et *Ziméo*, ce dernier étant attribué au "primitif" (c'est-à-dire Quaker) fictif George Filmer, suivis des "Pièces fugitives" et des "Fables orientales", n'indique que *Les Saisons: Poëme*, suivi d'une épigraphe tirée de Christoph Martin Wieland (1733-1813) qui ne s'applique de toute évidence qu'au seul poème, lequel reste la plus célèbre des œuvres de Saint-Lambert: "Puissent mes chants être agréables à l'homme vertueux & champêtre, & lui rappeller quelquefois ses devoirs & ses plaisirs."

Dans l'édition originale des *Deux Amis*, également anonyme, la troisième personne du pluriel du passé simple ne prend d'accent que lorsque la lettre précédant la terminaison n'est ni f ni s (imprimé dans la forme allongée de l'époque), et cela de manière systématique, sans doute pour des raisons esthétiques: ainsi "refuferent" mais "marchèrent". Une autre caractéristique de cette édition que nous avons respectée est l'emploi des guillemets, intervertis par rapport à nos usages d'aujourd'hui. Aussi "»" ouvre un élément du dialogue et "«" la clôt, ce qui a créé une certaine confusion dans la réédition du texte dans les *Œuvres philosophiques* de l'an IX. Nous avons signalé après un trait oblique la numérotation des cahiers et toute autre indication du prote (astérisque, mot proleptique...) qui figurent en bas de page à droite et qui sont donc nécessairement suivies de l'indication entre crochets du numéro de la page suivante.

Tout ajout entre crochets ainsi que les notes en bas de page lorsqu'elles sont précédées d'un chiffre (ou d'une lettre, pour les variantes textuelles de *l'Abenaki*), sont de notre fait. Celles qui sont introduites par un astérisque (elles ne sont qu'au nombre de deux et figurent dans le seul *Ziméo*) sont en revanche de Saint-Lambert dans l'édition originale. Dans l'annexe F, nous avons respecté la forme d'appel de note (d'ailleurs fautive) du texte d'origine.

BIBLIOGRAPHIE SÉLECTIVE

Nous indiquons pour les œuvres les plus rares la location des exemplaires consultés:
BA = Bibliothèque de l'Arsenal, BN = Bibliothèque Nationale,
TCD = Trinity College Dublin.

Œuvres de Saint-Lambert consultées pour la présente édition

[Anonyme], "Aventure d'un jeune Officier Anglois chez les Sauvages Abenakis; tirée de Mémoires particuliers", *Gazette littéraire de l'Europe*, t.IV (déc. 1764–févr. 1765), Supplément du dimanche 3 février 1765, pp.230-33. (BN Z 49413)

[Anonyme], *Les Saisons, poème* [suivi de *l'Abenaki, Sara Th...* et *Ziméo*, contes, des "Pièces fugitives" et des "Fables orientales"], Amsterdam: [sans nom d'éditeur], 1769. Deux éditions portent la même date:

(a) in-8°: xxviij+369pp. La page de titre comporte une vignette où une lyre est cerclée de feuilles et de fruits avec, en face, un frontispice montrant des personnages mythologiques (J. B. le Prince del., Aug. de St Aubin sculp. 1768). On trouve *l'Abenaki* pp.187-90 et *Ziméo* pp.226-59. (BA 8° BL 11148; BN Ye.9611) Une page d'errata (p.369) faisant supposer que c'est l'édition *princeps*, nous l'avons suivie pour ces deux contes.

(b) in-12°: xxx+398pp. La vignette de la page de titre montre des fruits (raisins, pommes) avec leurs feuilles sur un pan de sol. *L'Abenaki* figure aux pp.[201]-204 et *Ziméo* pp.245-82. (BA 8° BL 11149)

[Anonyme], *Les Deux Amis: conte iroquois*, s.l. [Amsterdam?]: [sans nom d'éditeur], 1770, in-8°, iv+85pp. (avec des errata p.[86]). (BA 8° BL 21783)

Œuvres philosophiques, Paris: H. Agasse, 6 vols in-8°, an VI (1797)–an IX. Sur le sixième volume, voir l'étude de Dieckmann ci-dessous.

Œuvres complètes, 2 vols., Clermont: P. Landriot, 1814, in-18°: I: *Les Saisons, poème*; II: *Œuvres mêlées*

Contes, Paris: Librairie des Bibliophiles [P.-L. Jacob], coll. Chefs d'œuvres inconnus, 1883

Réflexions sur les moyens de rendre meilleur l'état des Nègres ou des affranchis de nos colonies, publiées par Michèle Duchet, *Annales historiques de la Révolution française*, 3 (1965), 344-60; repr. in *Anthropologie et histoire au siècle des Lumières: Buffon, Voltaire, Rousseau, Helvétius, Diderot*, Paris: Maspéro, 1971, pp.177-93. Voir annexe D, pp.60-68 ci-dessous.

Zimao, the African, version anglaise du Révd Weeden Butler, Londres, 1800; Dublin, 1800

Ouvrages des 17e et 18e siècles

[Anonyme], "Mémoire sur les coutumes & usages des cinq Nations Iroquoises du Canada", *Variétés littéraires ou Recueil de pièces tant originales que traduites, concernant la Philosophie, la Littérature & les Arts*, t.I. Paris: Lacombe, M.DCC.LXVIII, pp.503-60. (BN: Z.28912) Texte communiqué à François Suard, responsable de cette publication, par Bougainville; des extraits du journal de ce dernier suivent le mémoire. Voir annexe F, pp.74-80 ci-dessous.

Champlain, Samuel de, *Des sauvages*, Paris, 1603; édition consultée: éd. Alain Beaulieu et Réal Ouellet, Montréal: L'Hexagone, coll. Typo, 1993

Charlevoix, Pierre-François-Xavier, *Histoire et description générale de la Nouvelle France*, Paris, 1744; édition consultée: trad. et éd. J. G. Shea, Londres: Francis Edwards, New York: Francis P. Harper, 6 vols, 1902

Diderot, Denis, "Les Deux Amis", [plan datant de 1758-60 ou, moins probablement, de 1776-78 selon les avis partagés] in *Œuvres complètes*, ed. H. Dieckmann et J. Varloot, Paris: Hermann, t.XXV (Idées VII), 1986, pp.451-54

—   —, "Observations sur *Les Saisons*, poème de M. de Saint-Lambert", *Correspondance littéraire* (15 février et 1er mars 1769), repr. in *Œuvres complètes*, ed. Roger Lewinter, Paris: Club français du livre, t.VIII, 1971, pp.19-38

—,   —, "Les Deux Amis de Bourbonne", *Correspondance littéraire* (15 décembre 1770), repr. in *Œuvres complètes*, ed. Roger Lewinter, Paris: Club français du livre, t.VIII, 1971, pp.699-712. Voir l'étude de Martin ci-dessous.

Lafitau, Joseph-François, *Mœurs des sauvages amériquains comparées aux mœurs des premiers temps*, Paris, 1724; édition consultée: éd. Edna Hindie Lemay, Paris: La Découverte, 2 vols, 1994

Lahontan, Louis-Armand de Lom d'Arce, *baron de*, *Dialogues de M. le baron de Lahontan et d'un sauvage dans l'Amérique*, Paris, 1704; édition consultée, éd. Henri Coulet, Paris: Desjonquères, 1993

—,   —, *Œuvres complètes*, éd. Réal Ouellet avec la collaboration d'Alain Beaulieu, Montréal: Presses Universitaires de Montréal, 2 vols, 1990.

Marmontel, Jean-François, *Les Incas ou la destruction de l'empire du Pérou*, Paris, 1777, 2 vols in 8°; édition consultée: Paris: Librairie de la Bibliothèque Nationale, 2 vols, 1895-96. (BN mf 8-Y²-17740(1) et (2)) Voir annexe B, pp.55-56 ci-dessous.

[Maubert de Gouvest, Jean-Henri], *Lettres iroquoises*, Irocopolis [*sic*]: chez Les Vénérables, 1752, 2 vols in-8°. (BN mf m. 8627 (1/2).) Réédition, éd. Enea Balmas, Paris: Nizet; Milan: Viscontea, 1962. Voir annexe E, pp.69-73 ci-dessous.

Mercier, Louis-Sébastien, *L'An deux mille quatre cent quarante: rêve s'il en fut jamais*, Paris, 1771; édition consultée, éd. Raymond Trousson, Bordeaux: Ducros, 1971

—,   —, *L'Homme sauvage*, Paris: Veuve Duchesne, 1767; édition consultée, Neuchâtel: Société typographique, 1784. (TCD OLS B-6-102)

[Montesquieu, Charles de Secondat, *baron de*], *Lettres persanes*, Cologne, 1721; édition consultée, éd. Paul Vernière, Paris: Garnier, coll. Classiques Garnier, 1960

Prévost [d'Exiles], Antoine-François, *abbé* (éd.) *Histoire générale des voyages*, Paris, 1746-59

—,   —, *Le Pour et Contre*, La Haye, 1733-40

Raynal, Guillaume, *abbé, et al.*, *Histoire philosophique et politique des établissements et du commerce des Européens dans les deux Indes*, 1770, 1781; édition consultée, éd. Yves Benot, Paris: Maspéro, 1981

Rousseau, Jean-Jacques, *Discours sur l'origine et les fondements de l'inégalité parmi les hommes*, 1755; édition consultée: éd. Jacques Roger, Paris: Garnier-Flammarion, coll. GF, 1971

Sagard, Gabriel, *Le Grand Voyage du pays des Hurons*, 1632; édition consultée: éd. Réal Ouellet et Jack Warwick, Québec: Bibliothèque québécoise, 1990

Voltaire, *Le Huron ou l'Ingénu*, Utrecht [*sic*, pour Genève], 1767; édition consultée: éd. Frédéric Deloffre, in *Zadig et autres contes*, coll. Folio, Gallimard, 1992

Études critiques

Antoine, Régis, *Les Écrivains français et les Antilles: des premiers Pères blancs aux surréalistes noirs*, Paris: Maisonneuve et Larose, 1978

Bernard, Suzanne, *Le Poème en prose de Baudelaire jusqu'à nos jours*, Paris: Nizet, 1959

Bhabha, Homi K., *The Location of Culture*, Londres: Routledge, 1994

Chevalier, Jean-Louis, Mariella Colin et Ann Thomson, *Barbares et Sauvages: images et reflets dans la culture occidentale. Actes du colloque de Caen, 26-27 février 1993*, Caen: Presses Universitaires de Caen, 1994

Chinard, Gilbert, *L'Amérique et le rêve exotique dans la littérature française au XVIIᵉ et au XVIIIᵉ siècles*, Paris: Hachette, 1913; édition consultée: Paris: E. Droz, 1934. Bibliographie et index lacunaires: pour *les Deux Amis*, voir pp.418-20.

Clayton, Vista, *The Prose Poem in French Poetry of the XVIIIth Century*, New York: Columbia University, 1936

Cohen, William B., *The French Encounter with Africans: White Responses to Blacks*, Bloomington: Indiana U.P., 1980; traduit sous le titre *Français et Africains: les Noirs dans le regard des Blancs, 1530-1880*, Paris: Gallimard, 1981

Dieckmann, Herbert, "The Sixth Volume of Saint-Lambert's Works", *The Romanic Review*, XLII, 2 (avril 1951), 109-21

Duchet, Michèle, *Anthropologie et histoire au siècle des lumières: Buffon, Voltaire, Rousseau, Helvétius, Diderot*, Paris: Maspéro, 1971

Étienne, Servais, *Les Sources de "Bug-Jargal" et le type du Nègre généreux et révolté avant Hugo*, Liège: H. Vaillant-Carmanne, Brussels: Académie royale de langue et de littérature françaises, 1923

Gerson, Frederick, "Saint-Lambert et le sentiment de l'amitié", *Romance Notes*, XIII (1971-72), 482-85

Grimsley, Ronald, "Saint-Lambert's articles in the *Encyclopédie*", in *Voltaire and his World. Studies presented to W. H. Barber*, éd. R. J. Howells *et al.*, Oxford: Voltaire Foundation, 1985, pp.293-305. Sur l'article "Législateur" en particulier.

Hoffmann, Léon-François, *Le Nègre romantique: personnage littéraire et obsession collective*, Paris: Payot, 1973

Jones, Rufus M., assisted by Isaac Sharpless & Amelia M. Gunnere, *The Quakers in the American Colonies*, Londres: Macmillan, 1911

Martin, Angus, "Diderot's *Deux Amis de Bourbonne* as a critique of Saint-Lambert's *Les Deux Amis: conte iroquois*", *Romance Notes*, XX (1979-80), 235-41

Mercier, Roger, *L'Afrique noire dans la littérature française: les premières images (XVIIᵉ–XVIIIᵉ siècles)*, Dakar: L'Université, 1962

Poirier, Roger, "Le Thème du mariage (ou ménage) à trois dans l'œuvre et la vie de Saint-Lambert", in *Transactions of the Eighth International Conference of the Enlightenment, Bristol, 21-27 July 1991*, Oxford: The Voltaire Foundation, 1992, t.III, pp.1716-18

—, —, "Une lettre inédite de Saint-Lambert à Madame du Châtelet", *Revue d'histoire littéraire de la France*, XCI (1991), 747-55

Said, Edward, *Culture and Imperialism*, Londres: Chatto & Windus, 1993

Seeber, Edward Derbyshire, *Antislavery Opinion in France during the Second Half of the Eighteenth Century*, Baltimore, Md.: The Johns Hopkins Press, Londres: Oxford University Press, Paris: Société d'édition Les Belles Lettres, 1937; New York: Greenwood Press, 1969

—, —, "*Oroonoko* in the France in the XVIIIth century", *Publications of the Modern Language Association of America*, LI (1936), 953-59

Spendlove, F. St. George, *The Face of Early Canada*, Toronto: Ryerson Press, 1958. Les gravures de notre p.xxvi sont reproduites d'après cet ouvrage.

Sypher, Wylie, *Guinea's Captive Kings: British Anti-Slavery Literature of the XVIIIth Century*, Chapel Hill: University of North Carolina Press, 1942; New York: Octagon Books, 1969

Todorov, Tzvetan, *Nous et les autres: la réflexion française sur la diversité humaine*, Paris: Seuil, 1989

Tompkins, Jane, "«Indians»: Textualism, Morality and the Problem of History", in Henry Louis Gates, Jr., éd., *"Race", Writing and Difference*, Chicago & Londres: Chicago University Press, 1986, pp.59-77

Dessin de Pessin, *Le Monde*, 17 avril 1996

CONTES AMÉRICAINS

L'ABENAKI.

Pendant les dernières guerres de l'Amérique une troupe de Sauvages Abenakis défit un detachement Anglois; les vaincus ne purent échapper à des ennemis plus légers qu'eux à la course, & acharnés à les poursuivre, ils furent traités avec une barbarie dont il y a peu d'exemples, même dans ces contrées.

Un jeune Officier Anglois pressé par deux Sauvages qui l'abordoient la hache levée, n'espéroit plus se dérober à la mort. Il songeoit[a] seulement à vendre cherement sa vie. Dans le même temps un vieux Sauvage armé d'un arc s'approche de lui & se dispose à le percer d'une fleche; mais après l'avoir ajusté, tout d'un coup il abaisse son arc, & court se jetter entre le jeune Officier[b] & les deux Barbares qui alloient le massacrer, ceux-ci se retirerent avec respect.

Le vieillard prit l'Anglois[c] par la main, le rassura par ses caresses, & le conduisit à[d] sa cabane, [p.188] où il le traita toujours avec une douceur qui ne se démentit jamais; il en fit[e] moins son esclave que son compagnon; il lui apprit la langue des Abenakis, & les arts grossiers en usage chez ces peuples. Ils vivoient fort contents l'un de l'autre. Une seule chose donnoit de l'inquiétude au jeune Anglois, quelquefois le vieillard fixoit les yeux sur lui, & après l'avoir regardé il laissoit tomber des larmes.[f]

Cependant au retour du printems les Sauvages reprirent les armes & se mirent en campagne.[g]

---

a   GL ("Aventure d'un jeune Officier Anglois chez les Sauvages Abenakis; tirée de Mémoires particuliers", *Gazette littéraire de l'Europe*, t.IV (déc. 1764–févr. 1765), Supplément du dimanche 3 février 1765, pp.230-33: voir Note technique, p.xxxv ci-dessus): échapper à la mort & songeoit
b   GL: Anglois
c   GL: l'Officier
d   GL: & l'emmena dans
e   GL: cabane: il le traita avec une extrême douceur & en fit
f   GL: regardé longtemps, il laissoit tomber quelques larmes.
g   GL: les Abenakis se mettent en campagne pour aller chercher les Anglois.

Le vieillard qui étoit encore assez robuste pour supporter les fatigues de la guerre, partit avec eux accompagné de son prisonnier.

Les Abenakis[h] firent une marche de plus de deux cents lieues à travers les forêts; enfin[i] ils arriverent à une plaine où ils découvrirent un camp d'Anglois. Le vieux Sauvage le fit voir au jeune homme[j] en observant sa contenance.

Voilà tes freres, lui dit-il, les voilà qui nous attendent pour nous combattre. Ecoute, je t'ai sauvé la vie; je t'ai appris[k] à faire un canot, un arc, des fleches, à surprendre l'orignal dans la forêt, à manier une hache, & à enlever la chevelure à l'ennemi. Qu'étois-tu, lorsque[l] je t'ai conduit dans ma cabane? tes mains étoient celles d'un [p.189] enfant, elles ne servoient[m] ni à te nourrir, ni à te défendre, ton ame étoit dans la nuit, tu ne sçavois rien, tu me dois tout. Serois-tu assez ingrat pour te réunir[n] à tes freres, & pour lever la hache contre nous?

L'Anglois protesta qu'il aimeroit perdre mille fois la vie que de verser le sang d'un Abenaki.[o]

Le Sauvage mit les deux mains sur son visage en baissant la tête, & après avoir été quelque-tems dans cette attitude, il regarda le jeune Anglois[p] & lui dit d'un ton mêlé de tendresse & de douleur: As-tu un pere? Il vivoit encore, dit[q] le jeune homme, lorsque j'ai quitté ma patrie. Oh! qu'il est malheureux! s'écria le Sauvage; & après un moment de silence il ajouta: Sçais-tu[r] que j'ai été pere?.... Je ne le suis plus.[s] J'ai vu mon fils tomber[t] dans le combat, il étoit à mon côté, je l'ai vu mourir en homme; il étoit couvert de blessures, mon fils, quand il est tombé. Mais je l'ai vengé…

---

h *GL*: Ils
i *GL*: forêts & enfin
j *GL*: les fit voir à son jeune compagnon
k *GL*: Je t'ai sauvé la vie. Je t'ai appris
l *GL*: quand
m *GL*: elles ne te servoient
n *GL*: pour aller te réunir
o *GL*: Le jeune Anglois lui dit qu'il avoit de la répugnance à porter les armes contre ceux de sa Nation, mais qu'il ne les porteroit jamais contre les Abenakis & que tant qu'il vivroit il seroit leur frere.
p *GL*: l'Anglois
q *GL*: répond
r *GL*: silence, Sais-tu
s *GL*: Je ne le suis plus, non, je ne le suis plus.
t *GL*: tomber mon fils

Oui, je l'ai vengé. Il prononça ces mots avec force. Tout son corps trembloit. Il étoit presque étouffé[u] par des gémissements qu'il ne vouloit pas laisser échapper. Ses yeux étoient égarés, ses larmes[v] ne couloient pas. Il se calma peu-à-peu, & se tournant vers l'orient où le soleil [p.190] alloit se lever, il dit au jeune Anglois:[w] Vois-tu ce beau ciel[x] resplendissant de lumière? As-tu du plaisir à le regarder? Oui, dit[y] l'Anglois, j'ai du plaisir à regarder ce beau ciel. Eh-bien!... je n'en ai plus, dit le Sauvage, en versant un torrent de larmes. Un moment après il montre au jeune homme[z] un manglier qui étoit en fleurs. Vois-tu ce bel arbre, lui dit-il?[aa] as-tu du plaisir à le regarder? Oui, j'ai du plaisir à le regarder. Je n'en ai plus, reprit le Sauvage[bb] avec précipitation, & il ajouta tout de suite: Pars, vas [*sic*] dans ton pays,[cc] afin que ton pere ait encore du plaisir à voir le soleil qui se lève, & les fleurs du printems.

---

[u] *GL*: Mais je l'ai vengé. [à la ligne:] En prononçant ces mots avec force il frissonnoit, il respiroit avec peine & sembloit suffoqué

[v] *GL*: égarés & ses larmes

[w] *GL*: se tournant du côté de l'Orient, il montra le Soleil levant au jeune Anglois & lui dit:

[x] *GL*: Soleil

[y] *GL*: répond

[z] *GL*: je n'en ai plus. Après avoir dit ce peu de mots, le Sauvage regarda

[aa] *GL*: Vois ce bel arbre, dit-il au jeune homme;

[bb] *GL*: vieillard

[cc] *GL*: & dans le moment il ajouta: Pars, va chez les tiens,

[Devise d'imprimeur]

Z I M É O.

Par GEORGE FILMER, né primitif.

Les affaires de mon commerce m'avoient conduit à la Jamaïque; la température de ce climat brûlant & humide avoit altéré ma santé & je m'étois retiré dans une maison située au penchant des montagnes, vers le centre de l'isle; l'air y étoit plus frais & le terrain plus sec qu'aux environs de la ville; plusieurs ruisseaux serpentoient autour de la montagne qui étoit revêtue de la plus belle verdure; ces ruisseaux alloient se rendre à la mer, après avoir parcouru des prairies émaillées de fleurs & des plaines immenses couvertes d'orangers, de cannes à sucre, de cassiers, & d'une multitude d'habitations. La jolie maison que j'occupois appartenoit à mon ami Paul Wilmouth de Philadelphie; il étoit, comme moi, né dans l'église primitive: nous avions à-peu-près la même manière de penser: la famille composée d'une femme vertueuse & de trois jeunes enfants, ajoutoit encore au plaisir que j'avois de vivre avec lui.

[p.227] Lorsque mes forces me permirent quelque exercice, je parcourois les campagnes, où je voyois une nature nouvelle & des beautés qu'on ignore en Angleterre & en Pensilvanie; j'allois visiter les habitations, j'étois charmé de leur opulence; les hôtes m'en faisoient les honneurs avec empressement; mais je remarquois je ne sais quoi de dur & de féroce dans leur physionomie & dans leurs discours; leur politesse n'avoit rien de la bonté; je les voyois entourés d'esclaves qu'ils traitoient avec barbarie. Je m'informois de la manière dont ces esclaves étoient nourris, du travail qui leur étoit imposé, & je frémissois des excès de cruauté que l'avarice peut inspirer aux hommes.

Je revenois chez mon ami, l'ame abattue de tristesse, mais j'y reprenois bientôt la joie; là sur les visages noirs, sur les visages blancs, je voyois le calme & la sérénité.

Wilmouth n'exigeoit de ses esclaves qu'un travail modéré; ils travailloient pour leur compte deux jours de chaque semaine; on

7

abandonnoit à chacun d'eux un terrain qu'il cultivoit à son gré, & dont il pouvoit vendre les productions. Un esclave qui pendant dix années se conduisoit en homme de bien, étoit sûr de sa liberté. Ces affranchis restoient attachés à mon ami; leur exemple / P ij [p.228] donnoit de l'espérance aux autres & leur inspiroit des mœurs.

Je voyois les nègres distribués en petites familles, où regnoit la concorde & la gaieté; ces familles étoient unies entre elles; tous les soirs en rentrant à l'habitation, j'entendois des chants, des instruments, je voyois des danses; il y avoit rarement des maladies parmi ces esclaves, peu de paresse, point de vol, ni suïcide [sic], ni complots, & aucun de ces crimes que fait commettre le désespoir, & qui ruinent quelquefois nos colonies.

Il y avoit trois mois que j'étois à la Jamaïque, lorsqu'un nègre du Benin, connu sous le nom de John, fit révolter les nègres de deux riches habitations, en massacra les maîtres & se retira dans la montagne. Vous sçavez que cette montagne est au centre de l'isle, qu'elle est presque inaccessible & qu'elle environne des vallées fécondes, où des nègres révoltés se sont autrefois établis; on les appelle negres-marons [sic]: depuis long-tems ils ne nous font plus la guerre, seulement lorsqu'il déserte quelques esclaves: ces nègres font des courses pour venger des déserteurs des mauvais traitements qu'ils ont reçus. On apprit aussitôt que John avoit été choisi pour chef des nègres-marons, & qu'il étoit sorti des vallées [p.229] avec un corps considérable; l'allarme fut aussi-tôt répandue dans la colonie; on fit avancer des troupes vers la montagne, & on distribua des soldats dans les habitations qu'on pouvoit défendre.

Wilmouth entra un jour dans ma chambre un moment avant le lever du soleil. Le ciel, dit-il, punit l'homme injuste, & voici peut-être le jour où l'innocent sera vengé; les nègres-marons ont surpris nos postes, ils ont taillé en pièces les troupes qui les défendoient, ils sont déja dispersés dans la plaine; on attend des secours de la ville; on enchaîne par-tout des esclaves, & je vais armer les miens.

Nous allâmes rassembler nos nègres, & nous leur portâmes des épées & quelques fusils. Mes amis, leur dit Wilmouth, voilà des armes; si j'ai été pour vous un maître dur, donnez-moi la mort, je l'ai méritée; si je n'ai été pour vous qu'un bon père, venez défendre, avec moi, me femme & mes enfants. Les nègres jettèrent de grands cris; ils jurèrent, en montrant le ciel & mettant ensuite la main sur la terre, qu'ils périroient tous pour nous défendre; il y en eut qui se donnèrent de grands coups de couteau dans les chairs, pour / P iij [p.230] nous prouver combien il leur en coûtoit peu de répandre leur sang pour nous; d'autres alloient embrasser les enfants de Wilmouth.

Comme John étoit maître de la plaine, il étoit impossible de se retirer à la ville, il falloit nous défendre dans notre habitation: je proposai aux nègres de retrancher un magasin qui étoit à quatre cent [*sic*] pas de la maison; ce magasin devoit être une forteresse contre des ennemis sans artillerie. Les nègres y travaillèrent sur le champ, & grace à leur zèle, l'ouvrage fut bientôt achevé.

Parmi les esclaves de Wilmouth, il y avoit un nègre nommé Francisque; je l'avois trouvé abandonné sur le rivage d'une colonie Espagnole: on venoit de lui couper la jambe, une jeune négresse étanchoit son sang & pleuroit de l'inutilité de ses soins. Elle avoit auprès d'elle un enfant de quelques jours. Je fis porter le nègre sur mon vaisseau; la négresse me conjura de ne la point séparer de lui, & de la recevoir avec son enfant; j'y consentis. J'appris qu'ils étoient esclaves d'un Espagnol, qui avoit fait à la jeune Marien, c'est le nom de la belle négresse, quelques propositions mal reçues, & dont Francisque avoit voulu lui faire honte. L'Espagnol se vengea; [p.231] il prétendit que ces deux esclaves étoient chrétiens, parce qu'on leur avoit donné, selon l'usage des colonies, des noms chrétiens. Il avoit surpris le nègre dans quelques pratiques religieuses en usage au Benin; il le fit cruellement mutiler, & se vanta de lui avoir fait grace. J'allai trouver cet homme barbare, je lui proposai de me vendre ces malheureux; il fit d'abord quelque difficulté; mais la somme que je lui offrois le rendit bientôt facile. J'emmenai ces esclaves & je les donnai à Wilmouth, Marien étoit devenue l'amie de sa femme; & Francisque par son esprit, ses connoissances dans l'agriculture & ses mœurs, avoit mérité la confiance de Wilmouth & l'estime de tout le monde.

Ils vont nous trouver à l'entrée de la nuit. Le chef des noirs, nous dit-il, est né au Benin, il adore le grand Orissa, le maître de la vie & le père des hommes, il doit avoir de la justice & de la bonté; il vient punir les ennemis des enfants d'Orissa; mais vous, dit-il, en regardant Wilmouth & moi, vous qui les avez consolés dans leur misère, il sçaura vous respecter; envoyez vers cet homme un des adorateurs d'Orissa, un de nos frères du Benin; Wilmouth, qu'il aille dire aux guerriers de quels aliments tu nourris / P iv [p.232] tes esclaves, qu'il leur conte ton amitié pour nous, la paix où nous vivons, nos plaisirs & nos fêtes; tu verras ces guerriers tirer leurs fusils à la terre & jetter leurs zagaies à tes pieds.

Nous suivîmes le conseil de Francisque; on dépêcha un jeune nègre vers le chef des noirs, & en attendant son retour, mon ami & moi, nous nous endormîmes d'un sommeil tranquille; nos esclaves veilloient autour de nous.

Le jour commençoit à paroître, lorsque je fus éveillé par des cris & un bruit de mousqueterie qui partoit dans la plaine, & de moment en moment sembloit s'approcher: j'ouvris ma fenêtre. J'ai dit que la maison de Wilmouth étoit située au penchant de la montagne, & que la vue s'étendoit sur une plaine immense coupée de ruisseaux, couverte de jolies maisons & de toutes les richesses que peut donner une terre féconde & bien cultivée. Le plus grand nombre des maisons étoient en feu; deux ou trois cents tourbillons d'une flamme rouge & sombre, s'élevoient de la plaine jusqu'au sommet des montagnes; la flamme étoit arrêtée à cette hauteur par un nuage long & noir formé des douces vapeurs du matin & de la fumée des maisons incendiées. Mes regards en passant au-dessous de ce nuage, découvroient la mer [p.233] étincelante des premiers raïons du soleil; ces raïons éclairoient les fleurs & la belle verdure de ces riches contrées, ils doroient les sommets des montagnes & le faîte des maisons que l'incendie avoir épargnées. Je voyois dans quelques parties de la plaine des animaux paître avec sécurité; dans d'autres parties, les hommes & les animaux fuyoient à travers la campagne; des nègres furieux poursuivoient le sabre à la main mes infortunés concitoïens; on les massacroit aux pieds des orangers, des cassiers, des canneliers en fleurs. J'entendois autour de notre habitation les ruisseaux murmurer & les oiseaux chanter; le bruit de la mousqueterie, les cris des blancs égorgés & des nègres acharnés au carnage arrivoient de la plaine jusqu'à moi; cette campagne opulente & désolée; ces riches présents de la terre, & ces ravages de la vengeance; ces beautés tranquilles de la nature & ces cris du désespoir ou de la fureur, me jettèrent dans des pensées mélancoliques & profondes; un sentiment mêlé de reconnoissance pour le grand Etre & de pitié pour les hommes, me fit verser des larmes.

Je sortis de la maison avec mon ami; nous envoyâmes les femmes & les vieillards dans le magasin retranché, & nous descendîmes auprès [p.234] d'un bois de cèdres, qui nous déroboit la vue d'une partie de ces scènes d'horreurs.

Nous revîmes bientôt le jeune nègre que nous avions envoyé chez les ennemis; il étoit à la tête de quatre nègres armés; ses cris, ses gestes, ses sauts nous annoncèrent de loin, qu'il nous apportoit de bonnes nouvelles. O mon maître, dit-il à Wilmouth, le chef des noirs est ton ami; voilà ses plus chers serviteurs qu'il t'envoie, il viendra bientôt lui-même.

Nous apprîmes que John égorgeoit sans pitié les hommes, les femmes & les enfants, dans les habitations où les nègres avoient reçus [*sic*] de mauvais traitements, que dans les autres il se contentoit de donner la liberté aux esclaves, qu'il mettoit le feu à toutes les maisons dont les maîtres s'étoient éloignés.

Nous apprîmes en même-temps [*sic*] que le Gouverneur se disposoit à faire sortir un nouveau corps de troupes, que tous les colons qui avoient eu le tems de se retirer s'étoient armés avec quelques nègres qui leur restoient fidèles, & que ces forces ne tarderoient pas à fondre sur John. Nous vîmes ces nègres-marons chargés de butin, diriger leur retraite vers la montagne; ils prirent leur route assez près de notre maison: une trentaine [p.235] d'hommes se détacha de cette petite armée & s'avança vers nous; le terrible John étoit à leur tête.

John, ou plutôt Ziméo, car les nègres-marons quittent d'abord ces noms Européens qu'on donne aux esclaves qui arrivent dans les colonies, Ziméo étoit un jeune homme de vingt-deux ans: les statues d'Apollon & de l'Antinoüs n'ont pas des traits plus réguliers & de plus belles proportions. Je fus frappé sur-tout de son air de grandeur. Je n'ai jamais vu d'homme qui me parût, comme lui, né pour commander aux autres: il étoit encore animé de la chaleur du combat; mais en nous abordant, ses yeux exprimoient la bienveillance & la bonté, des sentiments opposés se peignoient tour à tour sur son visage; il étoit presque dans le même moment triste & gai, furieux & tendre. J'ai vengé ma race & moi, dit-il; hommes de paix, n'éloignez pas vos cœurs du malheureux Ziméo: n'ayez point d'horreur du sang qui me couvre, c'est celui du méchant, c'est pour épouvanter le méchant que je ne donne point de bornes à ma vengeance. Qu'ils viennent de la ville, vos tigres, qu'ils viennent & ils verront ceux qui leur ressemblent pendus aux arbres & entourés de leurs femmes & de leurs enfants [p.236] massacrés: hommes de paix, n'éloignez pas vos cœurs du

malheureux Ziméo... Le mal qu'il veut vous faire est juste. Il se tourna
vers nos esclaves & leur dit: Choisisssez de me suivre dans la montagne, ou
de rester avec vos maîtres.

A ces mots, nos esclaves entourèrent Ziméo & lui parlèrent tous à la
fois; tous lui vantoient les bontés de Wilmouth & leur bonheur; ils
vouloient conduire Ziméo à leurs cabanes, & lui faire voir combien elles
étoient saines & pourvues de commodités, ils lui montroient l'argent qu'ils
avoient acquis. Les affranchis venoient se vanter de leur liberté; ils
tomboient ensuite à nos pieds, & sembloient fiers de nous baiser les pieds
en présence de Ziméo. Tous ces nègres juroient qu'ils perdroient la vie
plutôt que de se séparer de nous: tous avoient les larmes aux yeux &
parloient d'une voix entrecoupée: tous sembloient craindre de ne pas
exprimer avec assez de force, les sentiments de leur amour & de leur
reconnoissance.

Ziméo étoit attendri, agité, hors de lui-même, ses yeux étoient humides;
il respiroit avec peine; il regardoit tour à tour le ciel, les esclaves & nous.
O grand Orissa, dieu des noirs & des blancs! Toi qui as fait les ames; vois
ces hommes reconnoissants, ces vrais hommes, [p.237] & punis les barbares
qui nous méprisent & nous traitent comme nous ne traitons pas les
animaux, que tu as créés pour les blancs & pour nous.

Après cette exclamation, Ziméo tendit la main à Wilmouth & à moi.
J'aimerai deux blancs, dit-il, oui, j'aimerai deux blancs. Mon sort est entre
vos mains; toutes les richesses que je viens d'enlever seront employées à
payer un service que je demande.

Nous l'assurâmes que nous étions disposés à lui rendre, sans intérêt, tous
les services qui dépendroient de nous. Nous l'invitâmes à se reposer: nous
lui offrîmes des rafraîchissements. J'envoyai dire à Francisque d'envoyer
du magasin des présents & des vivres aux nègres qui accompagnoient
Ziméo. Ce chef accepta nos offres de fort bonne grace; seulement il ne
voulut pas entrer dans la maison; il s'étendit sur une natte à l'ombre des
mangliers, qui formoient un cabinet de verdure auprès de notre habitation.
Nos nègres se tenoient à quelque distance de nous, & regardoient Ziméo
avec des sentiments de curiosité & d'admiration.

Mes amis, nous dit-il, le grand Orissa sçait que Ziméo n'est point né
cruel; mais les blancs m'ont séparé des idoles de mon cœur, du sage [p.238]
Matomba qui élevoit ma jeunesse, & de la jeune beauté que j'associois à ma

vie. Mes amis, les outrages & les malheurs ne m'ont point abattu, j'ai toujours senti mon cœur. Vos hommes blancs, n'ont qu'une demi-ame; il ne sçavent ni aimer, ni haïr; ils n'ont de passion que pour l'or; nous les avons toutes & toutes sont extrêmes. Des ames de la nature des nôtres, ne peuvent s'éteindre dans les disgraces; mais la haine y devient de la rage. Le nègre né pour aimer, quand il est forcé de haïr devient un tigre, un léopard, & je le suis devenu. Je me vois le chef d'un peuple, je suis riche & je passe mes jours dans la douleur: je regrette ceux que j'ai perdus; je les vois des yeux de la pensée; je les entretiens & les pleure. Mais après avoir versé des larmes, souvent je me sens un besoin de répandre du sang, d'entendre les cris des blancs égorgés. Eh bien! je viens de le satisfaire, cet affreux besoin & ce sang, ces cris aigrissent encore mon désespoir.... Hommes de paix, n'éloignez pas vos cœurs du malheureux Ziméo. Vous pouvez lui trouver un vaisseau; vous pouvez le conduire; ils ne sont pas loin de cette isle ceux qui sont nécessaires à mon cœur.

Dans ce moment deux des plus jeunes esclaves de Wilmouth se prosternèrent devant Ziméo. Ah! [p.239] s'écria-t-il [*sic*], vous êtes du Benin, & vous m'avez connu. Oui, dit le plus jeune des deux esclaves, nous sommes nés les sujets du puissant Damel[(*)] ton père; celui-ci t'a vu à sa cour, & moi j'ai vu ta jeunesse au village d'Onébo. Des perfides nous ont enlevés à nos parents, mais Wilmouth est notre père. Le nègre avoit à peine prononcé ces mots, qu'il sortit avec précipitation; Ziméo fit un geste pour l'arrêter, & se pancha [*sic*] sur l'autre nègre qui restoit auprès de lui & qu'il regardoit avec attendrissement; il sembloit porter des yeux plus satisfaits sur les campagnes de la Jamaïque & en respirer l'air avec plaisir depuis qu'il lui étoit commun avec plusieurs nègres du Benin. Il nous dit après un moment de silence: Ecoutez, hommes de paix, le malheureux Ziméo, il n'espère qu'en vous, & il mérite votre pitié; écoutez ses cruelles aventures.

Le grand Damel, dont je suis l'héritier, m'avoit envoyé, selon l'ancien usage du Benin, chez les laboureurs d'Onébo qui devoient finir mon éducation; elle fut confiée à Matomba, le plus sage d'entre eux, le plus sage

---

[(*)] C'est le nom qu'on donne aux Souverains d'une partie de l'Afrique. [Le terme de Damel ne désigne que les rois de Cayor (ou Kajoor), région de l'actuel Sénégal. Le romancier béninois Olympe Bhêly-Quénum, au cours d'une amicale conversation fin juillet 1996, a bien voulu confirmer l'inexistence du titre dans son pays et l'impossibilité même du phonème dans ses langues. L'effet de couleur locale serait donc ici pour Saint-Lambert plus important que la précision géographique ou sémantique.]

des hommes: il [p.240] avoit été long-tems un de nos plus illustres Kabashirs[(*)]; dans le conseil de mon père il avoit souvent empêché le mal & fait faire le bien; il s'étoit retiré, jeune encore, dans ce village, où s'élèvent depuis des siècles les héritiers de l'Empire. Là Matomba jouïssoit de la terre, du ciel & de la conscience. Les querelles, la paresse, le mensonge, les devins, les prêtres, la dureté de cœur n'entrent point dans le village d'Onébo. Les jeunes princes ne peuvent y voir que de bons exemples. Le sage Matomba m'y faisoit perdre les sentiments d'orgueil & d'indolence que m'avoient inspirés mes nourrices & la cour; je travaillois à la terre comme les serviteurs de mon maître, & comme lui-même. On m'instruisoit des détails de l'Agriculture, qui fait toutes nos richesss. On me montroit la nécessité d'être juste, imposée à tous les hommes, pour qu'ils pussent élever leurs enfants & cultiver leurs champs en paix. On me montroit que les princes entre eux étoient dans la situation des laboureurs d'Onébo, qu'il falloit qu'ils fussent justes les uns envers les autres, afin que leurs peuples & eux-mêmes pussent vivre contents. / Mon

[p.241] Mon maître avoit une fille, la jeune Ellaroé, je l'aimai & j'appris bientôt que j'étois aimé; nous conservions, l'un & l'autre, la plus grande innocence; mais je ne voyois qu'elle dans la nature, elle ne voyoit que moi, & nous étions heureux. Ses parents faisoient un usage utile de la passion que nous avions l'un pour l'autre; je faisois tout ce que me demandoit Matomba, dans l'espérance de me rendre plus digne d'Ellaroé; l'espérance de s'attacher mon cœur lui rendoit tout facile. Mes succès étoient en elle, ses succès étoient en moi. Il y avoit cinq ans que je vivois dans ces délices, & j'espérois obtenir de mon père la permission d'épouser Ellaroé. Tu sçais que la première de nos femmes est notre véritable épouse, les autres ne sont que ses domestiques & les objets de notre amusement: j'aimois à penser qu'Ellaroé seroit ma compagne sur le trône & dans tous les âges; j'aimois à étendre la passion sur tout l'espace de ma vie.

J'attendois la réponse du Damel, lorsqu'on vit arriver dans Onébo deux marchands Portugais; ils nous vendoient des instruments de labourage, des ustensiles domestiques, & quelques-unes de ces bagatelles qui servent à la parure des femmes & des jeunes gens; nous leur donnions en échange / Q

[(*)] Espèces de Nobles. [Selon le *Nouveau Larousse illustré*, éd. Claude Augé, Paris: Larousse, s.d., le kaboschir (q.v., t.V, p.454, col.2) serait "membre d'une caste nobiliaire, parmi les nègres d'Abyssinie." Là encore, Saint-Lambert détournerait un vocable exotique.]

[p.242] de l'ivoire & de la poudre d'or; ils vouloient acheter des esclaves, mais on ne vend au Benin que les criminels, & ils ne s'en trouve pas dans le canton d'Onébo. Je m'instruisois avec eux des arts & des mœurs de l'Europe; je trouvois dans vos arts bien des superfluités, & dans vos mœurs bien des contradictions. Vous sçavez quelle passion les noirs ont pour la musique & la danse. Les Portugais avoient plusieurs instruments qui nous étoient inconnus, & tous les soirs ils nous jouoient des airs que nous trouvions délicieux; la jeunesse du village se rassembloit & dansoit autour d'eux; j'y dansois avec Ellaroé. Souvent les Portugais nous apportoient de leurs vaisseaux des vins, des liqueurs, des fruits, dont la saveur flattoit notre goût; ils recherchoient notre amitié & nous les aimions sincèrement. Ils nous annoncèrent un jour qu'ils étoient obligés de retourner bientôt dans leur païs; cette nouvelle affligea tout le village, mais personne autant qu'Ellaroé. Ils nous apprirent, en pleurant, le jour de leur départ; ils nous dirent qu'ils s'éloigneroient de nous avec moins de douleur, s'ils avoient pu nous donner une fête sur leurs vaisseaux; il [*sic*] nous pressèrent de nous y rendre le lendemain avec les jeunes gens les mieux faits & les plus belles filles [p.243] du village. Nous nous y rendîmes conduits par Matomba & par quelques vieillards, chargés de maintenir la décence.

Onébo n'est qu'à cinq milles de la mer; nous étions sur le rivage une heure avant le lever du soleil; nous vîmes deux vaisseaux l'un auprès de l'autre; ils étoient couverrts de branches d'arbres, les voiles & les cordages étoient chargés de fleurs. Dès qu'ils nous apperçurent, ils firent entendre des chants & des instruments; ce concert, cette pompe, nous annonçoient une fête agréable. Les Portugais vinrent au-devant de nous: ils partagèrent notre troupe & nous montâmes à nombre égal sur les deux vaisseaux.

Il en partit deux coups de canon: le concert cessa; nous fûmes chargés de fers & les vaisseaux mirent à la voile.

Ziméo s'arrêta dans cet endroit de son récit, & reprenant la parole: Oui, mes amis, ces hommes à qui nous avions prodigués nos richesses & notre confiance, nous enlevoient pour nous vendre avec les criminels qu'ils avoient achetés au Benin. Je sentis à la fois le malheur, celui de Matomba & le mien: j'accablai les Portugais de reproches & de menaces; je mordois ma chaîne; je voulois mourir, mais un / Q ij [p.244] regard d'Ellaroé m'en ôtoit le dessein; les monstres du moins ne nous avoient pas séparés, mais Matomba étoit sur l'autre vaisseau.

Trois de nos jeunes gens & une jeune fille se donnèrent la mort;
j'exhortois Ellaroé à les imiter; mais le plaisir d'aimer & d'être aimée,
l'attachoit à la vie. Les Portugais lui firent entendre qu'ils nous destinoient
un sort aussi heureux que celui dont nous avions joui. Elle espéra du moins
que nous resterions unis, & qu'elle retrouveroit son père. Après avoir
pleuré pendant quelques jour la perte de notre liberté, le plaisir d'être
presque toujours ensemble, fit cesser les larmes d'Ellaroé & adoucit mon
désespoir.

Dans le peu de moments que nous n'étions pas gênés par la présence de
nos bourreaux, Ellaroé me pressoit dans ses bras, & me disoit: O mon ami,
appuyons-nous fortement l'un à l'autre, & nous résisterons à tout; contente
de toi, de quoi ai-je à me plaindre? Eh! quel genre de bonheur voudrois-tu
acheter aux dépens de celui dont nous jouissons? Ces paroles me rendoient
une force extraordinaire; je n'avois plus qu'une crainte, celle d'être séparé
d'Ellaroé.

Il y avoit plus d'un mois que nous étions en mer, les vents étoient foibles
& notre course [p.245] étoit lente; enfin, les vents nous manquèrent
absolument. Depuis quelques jours, les Portugais ne nous donnoient de
vivres que ce qu'il en falloit pour nous empêcher de mourir.

Deux nègres déterminés à la mort s'étoient refusé toute espèce de
nourriture, & ils nous faisoient passer, en secret, le pain & les dattes qu'on
leur donnoit: je les cachois avec soin dans l'intention de les employer à
conserver les jours d'Ellaroé.

Le calme continuoit: les mers sans vagues, sans ondes, sans flots,
présentoient une surface immense & immobile où notre vaisseau sembloit
attaché. L'air étoit aussi tranquille que les eaux. Le soleil & les étoiles, dans
leur marche paisible & rapide, n'interrompoient pas ce profond repos qui
régnoit dans le ciel & sur les mers. Nous portions sans cesse les yeux sur
cet espace uniforme & sans rives, terminé par la voûte du ciel, qui sembloit
nous enfermer dans un vaste tombeau. Quelquefois nous prenions les
ondulations de la lumière pour un mouvement des eaux; mais cette erreur
étoit de courte durée. Quelquefois en nous promenant sur le tillac, nous
reprenions pour du vent l'agitation que nous imprimions à l'air; mais à
peine avions-nous suspendu nos pas, que nous / Qiij [p.246] nous
retrouvions environnés du calme universel.

Bientôt nos tyrans réservèrent pour eux le peu qui restoit de vivres, & ordonnèrent qu'une partie des noirs seroit la pâture de l'autre.

Je ne puis vous dire si cette loi si digne des hommes de votre race, me fit plus d'horreur que la manière dont elle fut reçue. Je lisois sur tous les visages une joie avide, une terreur sombre, une espérance barbare; je les voyois, ces malheureux compagnons d'un même esclavage, s'observer avec une attention vorace & des yeux de tigres.

Les premières victimes furent choisies dans le nombre de ceux que la faim avoit le plus accablés: c'étoit deux jeunes filles du village d'Onébo. J'entends encore les cris de ces infortunées; je vois encore les larmes couler sur les visages de leurs compagnes affamées qui les dévoroient.

Les foibles provisions que j'avois dérobées aux regards de nos tyrans, avoient soutenu les forces d'Ellaroé & les miennes, nous étions sûrs de n'être point choisis pour être immolés; j'avois encore des dattes, & nous jettions à la mer sans qu'on s'en apperçut, les portions horribles qu'on nous présentoit.

Le lendemain de ce jour affreux où nos compagnons commencèrent à se dévorer, au moment [p.247] où le disque du soleil étoit encore à moitié dans le ciel & dans la mer, nous eûmes un peu d'espérance; il s'éleva une brume légère qui devoit former des nuages & nous donner du vent, mais la brume se dissipa & le ciel conserva sa tranquille & funeste sérénité.

L'espérance avoit d'abord ranimé les noirs & les blancs; on avoit vu pendant un moment le vaisseau dans le tumulte d'une joie désordonnée. Mais lorsque la brume fut retombée, il régna parmi nous un morne désespoir; le découragement avoit saisi nos tyrans mêmes, ils n'avoient plus assez de force pour avoir des soins, ils nous observoient moins, ils nous gênoient peu, & le soir, au moment de la retraite, on me laissa sur le tillac avec Ellaroé. Nous y restions seuls, & dès qu'elle s'en apperçut, elle me pressa dans ses bras, je la pressai dans les miens; ses yeux n'avoient jamais eu une expression si vive & si tendre. Je n'avois point encore éprouvé auprès d'elle l'ardeur, le trouble, les palpitations que j'éprouvois en ce moment; nous restâmes long-tems sans nous parler & serrés dans les bras l'un de l'autre. Oh! toi que j'avois choisie pour être ma compagne sur le trône, tu seras du moins ma compagne jusqu'à la mort. Ah! Ziméo, me / *Q iv [p.248] répondit-elle, peut-être que le grand Orissa nous conservera la vie, & je serai ton épouse. Ellaroé, lui dis-je, si ces monstres ne nous avoient pas enlevés, le Damel t'auroit choisie pour mon épouse, comme ton père m'avoit choisi pour ton époux. Il est vrai, dit-elle. O ma chère Ellaroé, dépendons-nous encore des loix du Damel & attendrons-nous ses ordres que nous ne pouvons recevoir? Non, non, loin de nos parents, arrachés à notre patrie, nous ne devons obéir qu'à nos cœurs. O Ziméo, s'écria-t-elle en couvrant mon visage de ses larmes! Ellaroé, lui dis-je, tu pleures dans ce moment, tu n'aimes pas assez. Ah! me dit-elle, vois à la clarté de la lune cette mer qui ne change plus; jette les yeux sur les voiles du vaisseau; vois comme elles sont sans mouvement; vois sur le tillac les traces du sang de mes deux amies; vois le peu qui nous reste de ces dattes? Eh bien, Ziméo, sois mon époux & je suis contente.

En me disant ces mots, elle redoubla ses baisers. Nous jurâmes, en présence du grand Orissa, d'être unis quelle que fût notre destinée, & nous nous abandonnâmes à mille plaisirs, dont nous n'avions pas encore l'expérience. Ils nous firent oublier l'esclavage, la mort présente, la perte [p.249] d'un empire, l'espoir de la vengeance, tout; nous ne sentîmes plus que les délices de l'amour. Après nous en être enivrés, nous nous retrouvâmes sans illusions sur notre état; nous revîmes la vérité, à mesure que nos sens redevenoient tranquilles; notre ame étoit accablée; abattus à côté l'un de l'autre, le calme dans lequel nous étions tombés étoit triste & profond comme celui de la nature.

Je fus tiré de cet accablement pas un cri d'Ellaroé; je la regardai, ses yeux étinceloient de joie; elle me montra les voiles & les cordages qui étoient agités; nous sentîmes le mouvement des mers; il s'élevoit un vent frais qui porta les deux vaisseaux en trois jours à Porto-Bello.

Je revis Matomba, il me baigna de ses larmes; il revit sa fille, il approuva notre mariage; le croiriez-vous, mes amis? le plaisir de me réunir à Matomba, le plaisir d'être l'époux d'Ellaroé, les charmes de son amour, la joie de la voir échappée à de si cruels dangers, suspendoient en moi les sentiments de tous les maux; j'étois prêt à aimer mon esclavage: Ellaroé étoit heureuse & son père sembloit se consoler. Oui, j'aurois pardonné peut-être aux monstres qui nous avoient trahis; mais Ellaroé & son père furent vendus à un habitant de Porto-Bello, & je le fus à un homme de votre [p.250] nation qui portoit des esclaves dans les Antilles.

Voilà le moment qui m'a changé, qui m'a donné cette passion pour la vengeance, cette soif de sang qui me fait frémir moi-même, lorsque je reviens à m'occuper d'Ellaroé dont la seule image adoucit encore mes pensées.⌉

Dès que notre sort fut décidé, mon épouse & son père se jettèrent aux pieds des monstres qui nous séparoient, je m'y précipitai moi-même; honte inutile! on ne daigna pas nous entendre. Au moment où on voulut m'entraîner, mon épouse les yeux égarés, les bras étendus & jettant des cris affreux, je les entends encore, mon épouse s'élança vers moi: je me dérobai à mes bourreaux, je reçus Ellaroé dans mes bras qui l'entourèrent; elle m'entoura des siens, & sans raisonner, par un mouvement machinal, chacun de nous enlaçant ses doigts & serrant ses mains, formoit une chaîne autour de l'autre; plusieurs mains cruelles firent de vains efforts pour nous détacher. Je sentis que ces efforts ne seroient pas long-tems inutiles: j'étois déterminé à m'ôter la vie, mais comment laisser dans cet horrible monde, ma chère Ellaroé? j'allois la perdre, je craignois tout, je n'espérois rien, toutes mes pensées étoient barbares: les larmes inondoient [p.251] mon visage; il ne sortoit de ma bouche que des hurlements sourds, semblables au rugissement d'un lion fatigué du combat; mes mains se détachant du corps d'Ellaroé se portèrent à son col. ... O grand Orissa!..... les blancs enlevèrent mon épouse à mes mains furieuses; elle jetta un cri de douleur au moment où l'on nous désunit; je la vis porter ses mains à son col pour achever mon dessein funeste; on l'arrêta: elle me regarda: ses yeux, tout son visage, son attitude, les sons inarticulés qui sortoient de sa bouche, exprimoient les regrets & l'amour.

On m'emporta dans le vaisseau de votre nation; j'y fus garotté & placé de manière que je ne pus attenter à ma vie; mais on ne pouvoit me forcer à prendre de la nourriture. Mes nouveaux tyrans employèrent d'abord les menaces; bientôt ils me firent souffrir des tourments que des blancs seuls peuvent inventer; je résistais à tout.

Un nègre né au Benin, esclave depuis deux ans de mes nouveaux maîtres, eut pitié de moi; il me dit que nous allions à la Jamaïque, & que dans cette isle on pouvoit aisément recouvrer la liberté; il me parla des nègres-marons & de la république qu'ils avoient formée au centre de l'isle; il me dit que ces nègres montoient quelquefois [p.252] des vaisseaux Anglois, pour faire des courses dans les isles Espagnoles; il me fit entendre qu'on pouvoit délivrer Ellaroé & son père. Il reveilla dans mon cœur les idées de vengeance, & les espérances de l'amour; je consentis de vivre, vous voyez pourquoi. Je me suis déjà vengé, mais il me fait retrouver les idoles de mon cœur: il le faut, ou je renonce à vivre. Mes amis, prenez toutes mes richesses, équipez un vaisseau....

Ziméo fut interrompu par l'arrivée de Francisque, qui s'avançoit soutenu par ce jeune nègre qui le premier avoit reconnu son prince. Dès que Ziméo les apperçut, il s'écria: O mon Père! O Matomba! Il s'élança vers lui, en prononçant à peine le nom d'Ellaroé. Elle vit & te pleure, dit Matomba, elle est ici. Voilà, dit-il, en me montrant, celui qui nous a sauvés. Ziméo embrassoit tour à tour Matomba, Wilmouth & moi, en répétant avec vîtesse & une force d'égarement: conduis-moi.... conduis-moi.... Nous allions prendre le chemin de la petite forteresse où nos femmes étoins [*sic*] renfermées, mais nous vîmes Marien ou plutôt Ellaroé, descendre et voler vers nous. Le même nègre qui avoit rencontré Matomba, étoit allé la chercher. Elle arrivoit tremblante, le visage baigné de larmes, élevant les [p.253] mains et les yeux vers le ciel, & répétant d'une voix étouffée, Ziméo, Ziméo! Elle avoit remis son enfant entre les mains du nègre de Benin; après avoir embrassé son époux, elle lui présenta le jeune enfant. Ziméo, voilà ton fils; c'est pour lui que Matomba & moi, nous avons supporté la vie. Ziméo prit l'enfant, le baisoit avec transport & s'écrioit: Il ne sera pas l'esclave des blancs, le fils qu'Ellaroé m'a donné. Sans lui, sans lui, disoit Ellaroé, je serois sortie de ce monde, où je ne rencontrois plus celui que cherchoit mon cœur. Les discours les plus tendres étoient suivis des plus douces caresses; ils les présentoient l'un à l'autre. Bientôt ils ne furent plus occupés que de nous & de leur reconnoissance. Je n'ai jamais vu d'homme, même de nègre, exprimer si vivement & si bien ce sentiment aimable.

On vint donner avis à Ziméo que les troupes Angloises étoient en marche; il fit la retraite en bon ordre. Ellaroé & Matomba fondoient en larmes en nous quittant; ils vouloient porter toute leur vie le nom de nos esclaves; ils nous conjuroient de les suivre dans la montagne: nous leur promîmes de les aller voir, aussi-tôt que la paix seroit conclue entre les nègres-marons & notre co- [p.254] lonie. Je leur ai déja tenu parole, je me propose d'aller jouir encore des vertus, du grand sens & de l'amitié de Ziméo, de Matomba & d'Ellaroé.

J'ajouterai à ce récit quelque [*sic*] réflexions sur les nègres.

Mon séjour dans les Antilles & mes voyages en Afrique, m'ont confirmé dans une opinion que j'avois depuis long-tems. C'est que les peuples d'Europe sont comme beaucoup d'hommes en place qui commencent par être injustes, & finissent par calomnier les victimes de leur injustice. Les négociants qui font la traite des nègres, les colons qui les tiennent dans l'esclavage, ont de trop grands torts avec eux pour nous en parler vrai.

La première de nos injustices est de donner aux Africains un caractère général. Ils ont la même couleur; ils ont beaucoup de sensibilité: voilà tout ce qu'ils ont de commun. Les nez écrasés même et les grosses lèvres, ne sont pas plus les attributs des noirs que des blancs. Il y a chez ceux-ci des Lapons, des Tartares, des Esquimaux, des Mogols, des Chinois, qui ont ces deux difformités. Il y a chez les Africains des nations entières où la taille & le visage ont [p.255] les plus belles proportions. Il n'est pas plus vrai que les nègres en général soient paresseux, frippons [*sic*], menteurs, dissimulés; ces qualités sont de l'esclavage & non de la nature.

Le vaste continent de l'Afrique est couvert d'une multitude de peuples. Les gouvernements, les productions, les religions qui varient dans ces contrées immenses, ont nécessairement varié les caractères. Ici vous rencontrerez des Républicains qui ont la franchise, le courage, l'esprit de justice que donne la liberté. Là, vous verrez des nègres indépendants, qui vivent sans chefs et sans loix, aussi féroces & aussi sauvages que les Iroquois. Entrez dans l'intérieur des terres, ou même bornez-vous à parcourir les côtes, vous trouverez de grands Empires, le despotisme des princes & celui des prêtres, le gouvernement féodal, des monarchies réglées, &c. Vous verrez par-tout des loix, des opinions, des points d'honneurs différents & par conséquent, vous trouverez des nègres humains, des nègres barbares; des peuples guerriers, des peuples pusillanimes; de belles mœurs, des mœurs détestables; l'homme de la nature, l'homme perverti, & nulle part l'homme perfectionné.

Nous traitons les nègres d'imbécilles [*sic*]; il y en a [p.256] de tels & ce sont des peuples isolés, que leur situation ou leur religion séparent trop du reste des hommes; mais les peuples du Benin, de Congo, du Monomotapa, &c. ont de l'esprit, de la raison & même des arts.

Tout cela est fort imparfait sans doute: leurs Guiriots ne valent pas Horace ou Rousseau; leurs Musiciens ne sont pas des Pergolèze, leurs Peintres des Raphaëls, leurs Orfèvres des Germains.

Mais songez-vous que ces peuples n'ont encore que très-imparfaitement l'écriture? songez-vous qu'ils n'ont pas les modèles des anciens? Ils sont moins avancés que nous; j'en conviens: mais cela ne prouve pas qu'ils aient moins d'esprit.

Ils n'ont ni la boussole ni l'imprimerie; voilà les deux arts qui nous ont donné l'avantage sur presque tous les peuples du globe; & nous les devons au hasard. La boussole, en facilitant les voyages, nous fait partager les lumières de tous les lieux: & l'imprimerie nous a rendu propre l'esprit de tous les âges. C'est elle qui nous a fait retrouver les traces perdues des Grecs & des Romains, sans que nous ayons encore égalé ni les uns, ni les autres.

Oui, ce sont les circonstances & non pas la nature de l'espèce qui ont décidé de la supériorité / des [p.257] des blancs sur les nègres. Il y a quelque apparence que l'intérieur de l'Afrique n'est pas une terre aussi ancienne que l'Asie; de plus, il est séparé de l'Asie, & même de l'Egypte, par des déserts immenses; les peuples anciennement policés, n'ont eu que leurs seules lumières & trop peu de tems pour se perfectionner; tandis que les Egyptiens ont formé les Grecs & peut-être les Etrusques; que ceux-ci & les Grecs ont formé les Romains, & que tous ensemble ont éclairé le reste de l'Europe.

Observez encore que les nègres habitent un païs où la nature est prodigue, & qu'il leur faut peu d'industrie pour satisfaire à leurs besoins; d'ailleurs, il ne faut ni esprit, ni invention pour se garantir des inconvéniens de la chaleur, & il en faut beaucoup pour se garantir des inconvéniens du froid. Par conséquent, on exerce moins son esprit sous l'Equateur qu'en-deça du Tropique; & la raison doit faire des progrès moins rapides chez les peuples du midi, qu'elle n'en fait chez les peuples du nord.

Malgré les avantages des circonstances, qu'étions-nous il y a quatre cent [sic] ans? L'Europe, si vous en exceptez Venise & Florence, ne valoit peut-être pas le Congo & le Benin. J'ai voyagé / R [p.258] & je sçais l'histoire. Oui, les grands peuples chez les nègres sont à-peu-près ce que nous avons été depuis le neuvième jusqu'au quatorzième siècle. Les mêmes opinions absurdes, les épreuves, les sortilèges, les droits féodaux, des loix atroces, des arts grossiers étoient alors chez nos ancêtres, & sont aujourd'hui chez les Africains.

Portons leurs [*sic*] nos découvertes & nos lumières; dans quelques siècles ils y ajouteront peut-être, & le genre humain y aura gagné. N'y aura-t-il jamais de prince qui fonde des colonies avec des vues aussi grandes? N'enverrons-nous jamais des apôtres de la raison & des arts? Serons-nous toujours conduits par un esprit mercantile & barbare, par une avarice insensée qui désole les deux tiers du globe, pour donner au reste quelques superfluités.

O peuples d'Europe! les principes du droit naturel seront-ils toujours sans force parmi vous? Vos Grecs, vos Romains ne les ont pas connus. Avant le Gouvernement civil de Locke, le livre de Burlamaqui & l'Esprit des Loix, vous les ignoriez encore; que dis-je, dans ces livres mêmes sont-ils assez nettement posés sur la baze [*sic*] de l'intérêt, commun à toutes les nations & à tous les hommes? Les Hobbes, les Machiavels [p.259] & autres, n'ont-ils pas encore des partisans? Dans quel païs de l'Europe des loix constitutives, criminelles, ecclésiastiques & civiles, sont-elles conformes à l'intérêt général & particulier?

Peuples polis, peuples sçavants, prenez-y garde, vous n'aurez une morale, de bons gouvernements & des mœurs, que lorsque les principes du droit naturel seront connus de tous les hommes; & que vous & vos législateurs, vous en ferez une application constante à votre conduite & à vos loix. C'est alors que vous serez meilleurs, plus puissants, plus tranquilles: c'est alors que vous ne serez pas les tyrans & les bourreaux du reste de la terre: vous sçaurez qu'il n'est pas permis aux Africains de vous vendre des prisonniers de guerre; vous sçaurez que les Seigneurs des grands fiefs de Guinée ne peuvent vous vendre leurs vassaux, vous sçaurez que votre argent ne peut vous donner le droit de tenir un seul homme dans l'esclavage.

[Devise d'imprimeur: pot de fleurs]

/ R ij

LES
DEUX AMIS,
CONTE
IROQUOIS.

par St. Lambert

M. DCC. LXX.

Fac-similé de la page de titre de l'édition originale.

[p.iij]

AVERTISSEMENT
DE L'ÉDITEUR.

CE Conte qui nous est tombé entre les mains, nous a paru plein d'intérêt & très-piquant par sa singularité. Nous avons trouvé que les Mœurs des Peuples de l'Amérique septentrionale y étoient peintes avec une extrême vérité, & conformes à tout ce que nous en disent les Voyageurs les plus dignes de foi.

[p.iv] Nous ne chercherons point à deviner l'Auteur; il peut avoir des raisons pour ne pas se nommer, & son nom ne rendroit pas le Conte meilleur.

[Cul-de-lampe: bouquet de fleurs]

[Vignette en tête de page]

LES
DEUX AMIS,
CONTE IROQUOIS.

Les Iroquois habitent entre le fleuve Saint Laurent & l'Ohio. Ils composent une Nation peu nombreuse, mais guerrière, & qui a conservé son indépendance au milieu des François & des Anglois.

Les Iroquois vivent rassemblés dans les Villages, où ils ne sont soumis à l'autorité d'aucun homme ni d'aucune Loi. Dans la guerre, ils obéissent vo- / A [p.2] lontairement à des Chefs; dans la paix, ils n'obéissent à personne.

Ils ont les uns pour les autres les plus grands égards: chacun d'eux craint de blesser l'amour propre d'un autre, parce que cet amour propre s'irrite aisément, & que la plus légere offense est bientôt vengée. La vengeance est l'instinct le plus naturel aux hommes qui vivent dans les sociétés indépendantes; & le Sauvage, qui ne peut faire craindre à son semblable le Magistrat & les Loix, fait craindre ses fureurs.

C'est donc la crainte qui est chez les Sauvages, la cause de leur politesse cérémonieuse & de leurs compliments éternels: elle l'est aussi de quelques associations. Certaines familles, quelques [p.3] particuliers, se promettent par serment de se secourir, de se protéger, de se défendre: ils passent leur vie dans un commerce de bons offices mutuels; ils sont tranquilles à l'abri de l'amitié, & ils connaissent mieux que nous son prix & ses charmes.

Tolho & Mouza, deux jeunes Iroquois du Village d'Ontaïo, étoient nés le même jour, dans deux cabanes voisines & dont les habitans, unis par serment, avoient résisté ensemble à leurs ennemis, aux besoins & aux accidens de la vie.

Dès l'âge de quatre à cinq ans, Tolho & Mouza étoient unis comme leurs peres: ils se protégeoient l'un l'autre dans les petites querelles qu'ils avoient avec d'autres enfans: ils parta- / Aij [p.4] geoient les fruits qu'ils pouvoient cueillir. Amusés des mêmes jeux, occupés des mêmes choses, ils passoient leurs jours ensemble dans leurs cabanes, sur la neige ou sur le gazon. Le soir leurs parens avoient peine de les séparer, & souvent la même natte servoit de lit à tous deux.

Lorsqu'ils eurent quelque force & quelques années de plus, il s'instruisirent à courir, à tendre l'arc, à faire des fléches, à les lancer, à franchir les ruisseaux, à nager, à conduire un canot. Ils avoient l'ambition d'être les plus forts & les plus adroits de leur Village; mais Tolho ne vouloit point surpasser Mouza, & Mouza ne vouloit point surpasser Tolho.

Ils devenoient de jour en jour plus [p.5] chers & plus nécessaires l'un à l'autre: tous les matins ils sortoient de leur cabane: ils élevoient les yeux au Ciel & disoient:

»Grand Esprit, je te rends graces de tirer le soleil du fond du grand lac & de le porter sur la chevelure des montagnes: soit qu'il sorte du grand lac, ou soit qu'il descende de la chevelure des montagnes, il réjouira mon ami. Grand Esprit donne la rosée à la terre, du poisson à mes filets, la proie à mes fléches, la force à mon cœur & tous les biens à mon ami.«

Déjà ces jeunes Sauvages alloient à la chasse du chevreuil, du liévre & des animaux timides: ils ne chassoient jamais séparément, & le gibier qu'ils / Aiij [p.6] apportoient, se partageoit également entre leurs cabanes.

Lorsqu'ils eurent assez de forces & d'expérience pour attaquer dans la forêt le loup, le tigre & le carcajou, avant de tenter ces chasses où ils pouvoient courir quelques dangers, ils penserent à se choisir un Manitou.

Les Iroquois, comme tous les Sauvages, adorent un Etre Suprême, qui a tout créé & dont rien ne borne la puisssance: ils le nomment le *Grand Esprit*. Ils sont persuadés que cet Etre donne à chacun d'eux un Génie qui doit les protéger dans tout le cours de leur vie: ils croyent qu'ils sont les maîtres d'attacher le Génie à tout ce qu'ils veulent. Les uns choisissent un arbre; d'autres une pierre; ceux-ci une [p.7] jeune fille; ceux-là un ours ou un orignal. Ils pensent qu'aussi-tôt qu'ils ont fait ce choix & qu'ils ont dit: »Orignal, Arbre ou Pierre, je me confie à toi,« le Génie qui doit veiller sur eux, s'attache à ces substances qu'ils appellent leur *Manitou*, & ils se tiennent fort sûrs que toutes les fois qu'ils invoquent leur Génie, il quitte le Manitou & vient les secourir. Ces superstitions sont absurdes, j'en conviens, mais elles ne le sont pas plus que celles de plusieurs Peuples policés.

Tolho & Mouza se proposerent un jour d'aller sur la montagne où les Iroquois vont adorer le Grand Esprit, & ils s'y rendirent au lever du soleil. Là ils répétèrent leurs exercices: ils / *Aiv [p.8] frappoient les arbres du casse-tête ou de la hache; ils perçoient de leurs fléches les oiseaux qui voloient autour d'eux; ils couroient l'un contre l'autre avec des gestes menaçans; ils se firent même quelques légeres blessures, d'où ils virent avec joie couler leur sang. »Grand Esprit, disoient-ils, nous sommes des hommes; nous ne craindrons ni l'ennemi, ni la douleur: donne-nous un Génie; il ne rougira pas d'être notre guide.« Après cette courte priere, les deux jeunes Sauvages se regardèrent avec attendrissement & une sorte de respect; leurs regards s'animoient, ils sembloient saisis d'un saint enthousiasme & obéir à des impulsions dont ils n'étoient pas les maîtres. Dans ces transports, cha- [p.9] cun d'eux prononça le nom de son ami, chacun d'eux attacha son Génie à la personne de son ami. Mouza fut le Manitou de Tolho; Tolho fut le Manitou de Mouza.

Dès ce moment, leur amitié leur devint sacrée; les soins qu'ils se rendoient avoient quelque chose de religieux; chacun d'eux étoit pour l'autre un objet de culte, un Etre divin. Ils se trouvèrent un courage plus ferme, une audace plus intrépide. Ils attaquèrent avec succès les animaux les plus féroces, & tous les jours ils revenoient dans Ontaïo chargés de proie & de fourrure.

Les jeunes filles des Sauvages aiment beauoup les bons Chasseurs: elles les préferent même aux Guer- [p.10] riers. Ceux-ci donnent à leurs maîtresses ou à leurs femmes, de la considération: les Chasseurs leur donnent des vivres & des fourrures; & chez les femmes sauvages, l'abondance vaut mieux que la gloire. Les jeunes filles d'Ontaïo faisoient de fréquentes agaceries aux deux jeunes amis; mais ils y résistoient, parce que les Iroquois sont persuadés que les plaisirs de l'Amour énervent le corps & affoiblissent le courage, lorsqu'on s'y livre avant l'âge de vingt ans. Mouza & Tolho n'en avoient encore que dix-huit, & ils auroient rougi de n'avoir pas sur eux-mêmes autant de pouvoir qu'en ont communément les jeunes gens de leur Nation.

Selon l'auteur du Mémoire sur [p.11] les mœurs des Iroquois, cité dans les *Variétés Littéraires*, & selon les relations de tous les Voyageurs, les filles chez ces peuples ont fort peu de retenue. Ce n'est pas que la nature n'ait prescrit, dans le nouveau Monde comme dans l'ancien, l'attaque aux hommes, la défense aux femmes; mais dans ces contrées, on attache de l'honneur à la chasteté des hommes, & les femmes attachent de l'honneur à la conquête des Chasseurs habiles & des vaillans Guerriers. Dans tous les climats, l'homme & la femme naissent avec les mêmes instincts; mais dans tous les climats, l'opinion établit des habitudes qui changent la nature. De toutes les espèces d'animaux, l'espèce humaine est celle que l'habitude modi- / * [p.12] fie le plus. Parmi les jeunes filles qui tentèrent la conquête de Tolho & de Mouza, Erimé étoit la plus aimable. Elle avoit dix-sept ans: elle n'avoit point encore eu d'Amans; elle étoit vive & gaie; elle aimoit le travail & le plaisir; elle étoit coquette avec les jeunes gens, respectueuse, attentive avec un frere de sa mere qui avoit élevé son enfance, & de la cabane duquel elle prenoit soin. Ce Vieillard s'appeloit Cheriko: il étoit respecté dans les différens Bourgs d'une Nation qui porte à l'excès le respect dû aux Vieillards.

Sa niece essaya de plaire alternativement à chacun des deux amis; mais les Iroquois étoient menacés d'une geurre avec les Outaouais. Le mo- [p.13] ment des grandes pêches arrivoit. Mouza & Tolho soumis à leurs préjugés, occupés des préparatifs de leur pêche, parurent faire peu d'attention aux agaceries d'Erimé. Ils s'embarquèrent sur le fleuve Saint Laurent. A leur départ, Erimé ne parut point triste; elle les conduisit en riant jusqu'au rivage, & au moment qu'ils entroient dans le Canot, elle leur chanta gaiement la chanson suivante qu'elle venoit de composer pour eux.

»Ils partent les deux Amis; les voilà qui habitent le Grand Fleuve. Ils partent, & les Filles d'Ontaïo soupirent. Pourquoi soupirez-vous, Filles d'Ontaïo? Mouza & Tolho n'ont point veillé à la porte de vos Cabanes.«

[p.14] »Les deux Amis sont deux Mangliers en fleurs: leurs yeux ont l'éclat de la rosée au lever du soleil: leurs cheveux sont noirs comme l'aile du corbeau. Ils partent, & les Filles d'Ontaïo soupirent.

»Ne soupirez pas, Filles d'Ontaïo; ils reviendront les deux Amis: ils seront hommes; ils auront tout leur esprit: ils viendront à vos cabanes & vous serez heureuses.«

Cependant Mouza & Tolho voguèrent vers les parties du fleuve qui forment dans les terres des espèces de golfes, & qui abondent le plus en poisson. Les Sauvages parlent peu, parce qu'ils ont peu d'opinions & que ces opinions sont les mêmes; mais ils ont un sentiment vif & ils l'expriment fréquem- [p.15] ment par des exclamations ou des gestes. Un ami a besoin de révéler à son ami quelles sont les impressions qu'il reçoit des objets extérieurs; il a besoin de lui manifester ses craintes, ses espérances, le sentiment qui le domine. Dans leur navigation, les deux Iroquois gardoient un profond silence. Enfin Mouza regarda Tolho tendrement, & baissa les yeux & la tête d'un air consterné. Tolho, qui rencontra les yeux de Mouza, ne put soutenir ses regards & détourna la tête en rougissant.

Ils arrivèrent, à l'entrée de la nuit, dans le golfe où ils vouloient tendre leurs filets: ils attachèrent leur canot à de longs peupliers qui bordoient le rivage: ils abbattirent quelques bran- [p.16] ches de chêne; ils formèrent une hutte dont ils garnirent le fond de feuillages sur lesquels ils s'étendirent.

Mouza s'endormit, mais après un moment de sommeil, il s'éveilla. Son ami l'entendit qui répétoit à demi voix la chanson d'Erimé. Tolho s'endormit enfin. Il parut fort agité pendant son sommeil, & Mouza, qui l'observoit, crut l'entendre prononcer en dormant le nom d'Erimé.

Dès que le jour parut, ils se levèrent en silence, & commencèrent leur pêche qui ne fut pas heureuse. Ils étoient affligés l'un & l'autre. Mouza montroit la tristesse la plus profonde, & Tolho de la douleur & de l'indignation. Ils se proposerent de se rendre dans un golfe plus abondant en [p.17] poisson, mais assez voisin de la Cascade de Niagara, cette Cascade célébre où le fleuve Saint Laurent, large de près d'une lieue, précipite ses eaux de la hauteur de deux cens toises. Le fleuve, aux environs du golfe que cherchoient les jeunes Iroquois, est serré entre des montagnes & semé de rochers & d'écueils: il y a des courans très-rapides, & la navigation en est très-dangereuse. Mouza & Tolho naviguoient à travers ces rochers, conduits par la crainte de revenir dans Ontaïo sans être chargés de poisson, & avec la confiance que leur donnoit leur courage.

Ils n'étoient pas éloignés de ce golfe où ils vouloient se rendre, lorsqu'il s'éleva un vent violent qui les / B [p.18] emporta vers la cascade. Ce vent étoit poussé par un orage qui s'étendoit à l'Occident. Le Ciel étoit encore serein au Zénith; mais, un peu au dessus des montagnes, il étoit sombre & noir; les éclairs sembloient des feux qui s'élançoient de ces montagnes, dont le tonnerre & les vapeurs enveloppoient les sommets. Les feux de la nue se réfléchissoient sur l'étendue des eaux agitées. Le canot voloit rapidement sur un courant qui l'entraînoit vers la cascade; le bruit continu de la chûte immense des eaux, le bruit interrompu des tonnerres & des vents portoient la crainte dans l'âme courageuse des jeunes Sauvages; mais cette crainte ne leur ôtoit point la présence d'esprit.

[p.19] Malgré la force du courant & de la tempête, ils dirigeoient le canot avec art & ils évitoient les écueils. Ils regardoient de toutes parts pour découvrir quelque plage où ils pourroient aborder; mais il se voyoient environnés par-tout de rochers escarpés ou suspendus. Déjà ils découvroient [l'amas de vapeurs,][*] le nuage éclatant qu'élevent jusqu'au Ciel les eaux du fleuve en rejaillissant des rochers sur lesquels elles se brisent. Ce nuage étoit entre les jeunes Amis & le Soleil: la lumiere de cet astre étinceloit à travers les vapeurs & y répandoit toutes les couleurs de l'Arc-en-Ciel; ces vapeurs brillantes touchoient à l'extrémité du sombre nuage d'où partoient la foudre & les éclairs. Tolho & Mouza senti- / Bij [p.20] rent qu'ils ne pouvoient éviter d'être entraînés dans la chûte du fleuve & de tomber avec la masse des eaux sur les pointes des rochers. Ils se regardèrent en s'écriant: »Mouza n'aura point à regretter Tolho; Tolho n'aura point à regretter Mouza. Pleure Erimé, pleure: ceux qui t'aiment vont mourir.« C'est Mouza qui prononça ces paroles. Ils s'embrasserent encore. Ils étoient déjà couverts des vapeurs qui s'élevent & retombent sur les bords de la cascade terrible; ils se sentirent près du goufre; ils ne s'abandonnoient pas encore à leur destinée, & regardant de côté & d'autre sur les eaux écumantes, ils virent à côté d'eux quelques arbres qui étendoient leurs branches sur le [p.21] fleuve; ils se les montrèrent; ils se jettèrent à la nage, leurs fléches dans les mains, le carquois sur l'épaule, & abordèrent sous les arbres dans une prairie marécageuse, d'où ils se rendirent bientôt sur un terrain plus élevé; ils entrèrent ensuite dans une forêt, dont les arbres immenses ombrageoient les rives du grand fleuve.

Dès qu'ils eurent mis les pieds sur le rivage, ils s'embrasserent yvres de joie, & tous deux se jettèrent à genoux. »Grand Esprit, Ame des fleuves, du soleil & des tonnerres, dit Mouza, tu m'as conservé mon ami.« »Cher ami, s'écria Tolho, nous ne pouvons périr ensemble.« Après cette première effusion de tendresse & / Biij [p.22] de joie, ils se reposerent quelque temps sur le gazon, sans se parler; &, les yeux fixés à terre, ils se regardèrent, & Mouza versoit un torrent de larmes.

»O Mouza! dit Tolho, j'atteste le Grand Esprit, mon ame vit avec toi, je souffre de tes peines, je ris de ta joie. Hélas! je le vois, ton esprit t'abandonne, il n'est plus auprès de Tolho, il suit Erimé.« »Ah! dit Mouza en se jettant dans les bras de son ami, j'aime Tolho plus que moi-même; mais Erimé possede ma pensée, il est vrai, oui il est vrai.«

»Ecoute, dit Tolho, j'ai vu tes peines; n'as-tu pas vu les miennes? N'as-tu pas vu qu'Erimé m'enlevoit [p.23] mon esprit?.... Je l'ai vu, dit Mouza,

& je meurs... Ah! reprit Tolho, tu ne peux être plus malheureux que moi; mais je ne ferai pas long-temps couler tes larmes. J'ai un tort; il faut que tu me le pardonne [*sic*]. Il y a près d'une lune que mon cœur est déchiré, & je ne t'ai point prié de le guérir.... Ah! dit Mouza, ne t'ai-je pas aussi caché mes pensées? Oui, j'ai scellé ma bouche auprès de mon ami; mais ma bouche va s'ouvrir: tu verras le cœur qui t'aime & qui souffre; il ne veut plus se cacher à toi. Disons tout. Tu te souviens du jour où nous revînmes chargés de peaux de tigres, d'ours, & de carkajou; nos parens furent riches de notre chasse, / Biv [p.24] & les filles d'Ontaïo chantoient les deux Chasseurs. Erimé vint à moi: le souris étoit sur ses lévres, & l'esprit d'amour étoit dans ses yeux. Mouza, dit-elle, abat les tigres, perce le carkajou, renverse l'ours, & il n'en dèmande point la récompense aux filles d'Ontaïo. Après avoir dit ces mots, elle se retourna; je rougis, & je ne lui répondis rien. Je m'éloignai, mais avec peine; mes pieds étoient pesans, & mes genoux ne se plioient pas. Je me retirai le soir dans la cabane de mon pere, & je ne t'y appellai pas; l'image d'Erimé occupoit tout mon esprit: elle l'occupa dans le sommeil; à mon réveil, je vis encore Erimé. Je me disais cependant, les Outaouais [p.25] menacent Ontaïo; j'aurai besoin de mes forces & de mon courage: l'Amour abat, dit-on, les forces du Guerrier qui n'a pas vingt ans, & je n'ai pas vingt ans. J'ajoutais bientôt: qu'Erimé est douce & belle! Ses yeux me demandent de l'amour; qui pourroit résister?.... Tolho, Tolho résisteroit, & si je cédais à l'Amour, je ne pourrais plus soutenir les regards de mon ami. C'est ainsi que je commençais à te craindre.« Arrête, dit Tolho qui écoutoit avec des yeux inquiets, arrête: dis-moi le jour, le moment où Erimé t'a dit les paroles d'amour. Le jour même de notre arrivée, répondit Mouza, & un moment avant la nuit. Ah! dit Tolho, tu es le premier [p.26] de nous à qui elle a parlé d'amour. Poursuis. Mouza continua: le souvenir des promesses que nous nous étions faites l'un à l'autre, de ne[*] goûter les douceurs de l'amour, qu'après avoir enlevé des chevelures à l'ennemi, revenoit à ma pensée, & je me trouvois fort; mais je me retraçois les charmes, le souris, les regards d'Erimé, & je perdois ma force. O Tolho! dans ton absence, je t'invoquois, & en ta présence je n'osois te parler. Mais ce n'est pas encore à ce moment où j'ai pensé que je pouvois t'aimer moins; c'est lorsque je te vis, la veille de notre départ, entretenir Erimé qui te prit la main, & que tu regardois des yeux de l'amour. Je frissonnai comme la [p.27] jeune fille qui voit le couleuvre qu'elle entendoit siffler; j'étois agité, troublé, confus, jaloux du cœur d'Erimé & du tien. A notre départ, je crus entrevoir que la plus belle des filles ne t'aimoit pas plus que moi, & que tu pouvois encore être la moitié de mon ame.«

»Ah! Mouza, dit son ami, Erimé m'entraîne, mais avec toi. Elle sembloit m'aimer la veille de notre départ. Tolho, dit-elle, passe le tems des fleurs dans les forêts & sur les eaux, où il n'y a point de fleurs. Elle me dit ces mots d'une voix douce comme celle du vent dans les roseaux; ma main rencontra sa main. L'eau brûlante que nous vendent les hommes d'au-delà du grand lac, ne / * [p.28] répand pas autant de chaleur dans nos sens, & ne nous donne pas autant de vie & de cœur, que je m'en sentis en touchant la main d'Erimé. Ce feu ne s'éteint pas; il brûle encore le sang de ton ami: mon ame me semble augmentée, j'ai une foule de pensées que je n'avois pas: je me sens plus le besoin de montrer la force, d'exercer mon courage. Je donnerois mille fois ma vie pour te sauver un chagrin; je m'exposerois à toutes les douleurs pour plaire à la belle Erimé. Quand j'ai vu qu'elle occupoit ton esprit, j'ai frémi: il m'a semblé que je t'aimerois moins si tu la possédois; mais l'amitié que j'ai pour toi m'est si chère, que si je craignais de la perdre, le fleuve que [p.29] tu vois, me guériroit de la vie; cependant j'aime Erimé, j'en conviens. Il faut qu'elle m'aime, je le sens & je le dis. Mouza l'interrompit. »Ah! lui dit-il, tu n'as pas prononcé une parole qui ne m'ait fait sentir la peine ou le plaisir. Quelles délices je trouve dans mon cœur quand tu me parles de notre amitié sacrée; mais quel supplice tu me fais souffrir quand tu m'assures, avec tant de force, que tu ne cesseras jamais[*] d'aimer la belle fille que j'aime! Oh! Mouza, dit Tolho, nos cœurs sont les mêmes en tout & nous sommes malheureux.«

Ils se parlèrent encore long-temps de leur passion, & se peignirent en détail la maniere dont ils la sentoient. [p.30] Ni l'un ni l'autre n'imaginoient encore de la combattre & de la vaincre. Tolho avoit dans le caractere plus de violence, d'impétuosité & de fierté que Mouza: celui-ci étoit plus tendre: il avoit une sensibilité plus douce. Ils étoient également généreux, l'un par élévation d'ame, & l'autre par tendresse: ils avoient au même degré le courage, l'amitié & l'amour.

Cependant leur longue conversation avoit épuisé leurs forces. L'un & l'autre accablés de fatigue, se laisserent tomber sur le gazon & goûtèrent quelque repos. A leur réveil, ils cherchèrent des fruits qui pussent les nourrir, & après un léger repas, ils songèrent à se faire des armes. Ils n'avoient que leurs fléches qui ne pouvoient [pas][*] [p.31] les défendre contre des animaux féroces: ils coupèrent de jeunes arbres dont ils séchèrent la racine au feu qu'ils allumèrent avec des cailloux. Avec ces massues, ils se trouvèrent en état de combattre toute sorte d'ennemis. Enfin Mouza proposa de retourner au Village d'Ontaïo pour y reprendre un canot, des filets, & se mettre en état de faire une pêche plus heureuse. Tolho sourit d'abord à cette proposition; mais bientôt son visage devint sérieux; il fit sentir à son ami le trouble, les jalousies, les peines auxquelles ils alloient s'exposer l'un & l'autre. Mouza partagea bientôt les craintes de Tolho qui étoient fondées, & tous deux retombèrent dans la tristesse la plus profonde. / *

[p.32] Ils ne prenoient aucune résolution, & ils passerent plusieurs jours dans la forêt sans former le dessein d'en sortir, sans avoir le projet d'y rester: ils se parloient souvent de leur situation.

Tolho dit un jour à son ami:»Ce ne sont pas les plaisirs de l'Amour qui avilissent les jeunes Guerriers; c'est son empire. Nous sçavons vaincre la douleur, cette compagne de l'homme; nous résistons à la faim, nous bravons le danger; mais pouvons-nous nous croire des hommes si nous restons les esclaves de l'Amour? L'homme rougit de céder à l'homme, & nous cédons à une jeune fille; nous souffrons qu'elle occupe nos pensées, qu'elle nous tourmente. Ah! dit Mouza, j'aurais rougi [p.33] de ma foiblesse; mais comment rougir d'une foiblesse que je partage avec toi? Ton exemple m'a ôté la honte; mais aujourd'hui ton exemple releve mon courage. Eh! que ferons-nous en cessant d'aimer Erimé? [que][*] ce qu'ont fait plusieurs jeunes Sauvages que des filles ont refusés. Nous avons vu ces Amans s'affliger pendant quelques jours, & dédaigner bientôt celles qui les avoient dédaignées. Ah! dit Tolho, ils n'avoient pas notre amour! Cela est vrai, dit Mouza; mais ils n'avoient ni notre amitié, ni notre courage.«

Après plusieurs discours dans lesquels ils se rappelloient la conduite des jeunes Sauvages qui avoient vaincu leurs passions, après quelques contestations / C [p.34] sur les moyens d'imiter ces Héros, ils firent le projet de ne retourner dans Ontaïo, que lorsqu'ils seroient l'un & l'autre en état de revoir Erimé sans émotion. Ils se contruisirent une cabane un peu plus commode que leur hutte, & là, ils vécurent de leur chasse & de quelques fruits. Ils se demandoient de temps en temps des nouvelles de l'état de leur ame, &, d'ordinaire, ils ne se répondoient que par un soupir.

Un jour Mouza vint dire à son ami qu'il se croyoit guéri. Tolho pleura de honte, poussa des cris & avoua qu'il se croyoit incurable; mais, après un moment de réflexion, »puisque tu es guéri, dit-il à Mouza, tu ne seras donc pas malheureux si je suis l'époux [p.35] d'Erimé?« Mouza se retira sans répondre, & avant la fin du jour, il avoua qu'il s'étoit trompé, & qu'il aimoit Erimé plus que jamais.

L'un & l'autre, depuis ce moment, parurent plongés dans la plus noire mélancolie: leurs regards étoient farouches & sombres: ils étoient distraits dans leurs fonctions: souvent quand ils étoient ensemble, ils s'avouoient leur douleur profonde; quand ils étoient séparés, ils poussoient des cris, ils se jettoient à terre, ils la pressoient de leurs mains, ils se relevoient en portant les yeux au Ciel & en invoquant le Grand Esprit.

Un jour Tolho étoit assis sous un hêtre, dont les racines découvertes embrassoient un rocher suspendu sur / Cij [p.36] le fleuve. Sa tête étoit penchée, & ses yeux fixés sur les eaux; ses bras étoient croisés sur sa poitrine; il étoit pâle, immobile, & sortoit de temps en temps de ce repos funeste par des mouvemens violens & de peu de durée. Mouza qui le cherchoit, le vit & s'arrêta. Tolho qui se croyoit seul, se leva avec impétuosité & se jettant à genoux; »Grand Esprit, s'écria-t-il, je renonce à la vie; veille sur les jours de mon ami.« Il alloit se précipiter dans le fleuve, & il se trouva dans les bras de Mouza qui s'écria: »Barbare! tu me laisses seul sur la terre: quoi, tu ne veux pas que je partage la mort avec toi? Ah! dit Tolho, tu m'attaches à la vie.« Mouza, sans lui rien dire, l'embras-[p.37] soit fortement & l'entraînoit vers le fleuve, pour s'y précipiter avec lui. Tolho l'arrêtoit, en le conjurant de vivre avec Erimé. Mouza l'accabloit des reproches les plus tendres; enfin, entraîné par Tolho, il s'éloigne du fleuve, & tous deux vinrent se reposer à l'entrée de leur cabane. Là, ils s'entretinrent avec assez de tranquillité. Dans la scène qui venoit de se passer entre eux, ils avoient épuisé leurs forces; ils n'en avoient plus assez pour se livrer aux sentimens violens; ils venoient de sentir les horreurs du désespoir; leur ame fatiguée de cet état cruel, cherchoit à se faire des illusions & à retrouver l'espérance.

»Mon ami, dit Mouza, toi avec qui je veux partager la vie & la mort, / Ciij [p.38] écoute une de mes pensées. Tu sçais la chanson qu'Erimé fit

pour nous au moment de notre départ. Cette belle fille chantoit tes louanges
& les miennes: elle sembloit nous regretter tous deux. Oui, dit Tolho, &
j'ai eu ta pensée. Je me suis dit, pourquoi ne pourrois-je pas partager les
plaisirs de l'Amour avec l'ami de mon cœur, l'ornement de ma vie? Je
souriois à cette pensée; mais je me représentois Erimé entre tes bras, & les
viperes de la jalousie me rongeoient le cœur. Je te pardonne, dit Mouza;
mais écoute la suite de mes pensées. Je me suis interrogé, & je me suis dit:
si Tolho goûtoit dans les bras d'Erimé les plaisirs de l'Amour, pourquoi
mon ame en [p.39] seroit-elle affligée, mon ame qui est heureuse des
plaisirs de Tolho? C'est parce qu'Erimé seroit à Tolho & ne seroit pas à
moi. Mais si Erimé le veut, ne pouvons-nous pas être heureux l'un &
l'autre? Elle seroit à nous, & alors.... Ah! dit Tolho, j'ai aussi interrogé
mon cœur. Ecoute: tu te souviens que dès notre enfance, nous avons évité
d'être plus forts, plus puissans, plus adroits l'un que l'autre. Tu n'as pas
voulu me surpasser. Si Erimé t'aimoit mieux que moi, dans ses bras même
je sentirois ton avantage, & j'aurois peut-être une fureur qui deviendroit
funeste à tous trois.« Mouza fut long-temps sans répondre: il dit enfin. «Je
viens de m'interroger. Je t'avoue / Civ [p.40] que si la belle Erimé donne
son cœur à l'un & à l'autre, ou si elle nous laisse ignorer qui des deux elle
préfere, je sens que je serai heureux de ton bonheur & du mien. Interroge
ton cœur, & tu me répondras. Tolho, après avoir rêvé quelque tems, dit à
son ami:»O moitié de moi-même! je sens que je puis tout partager avec
toi.« A ces mots, ils s'embrasserent & formèrent sur le champ le dessein de
retourner au Village d'Ontaïo.

Ils partirent après un léger repas, & à l'entrée de la nuit; il falloit
monter des rochers difficiles, & traverser de vastes forêts qui leur étoient
inconnues; mais ils observoient les astres; et, de plus, pour ne point
s'égarer, ils [p.41] n'avoient qu'à suivre les bords du grand fleuve. Dans la
route, ils chantoient souvent la chanson d'Erimé: ils convenoient ensemble
de la maniere dont ils lui parleroient de leur passion, & des moyens qu'ils
employeroient pour engager cette belle fille à ne donner à aucun des deux
la préférence sur l'autre. Ils marchoient avec joie, pleins d'espérance &
impatiens de revoir Erimé. Ils avoient déjà franchi les rochers, & ils
avançoient dans la forêt. Ils étoient près de la fin de leur journée, & déjà le
crépuscule commençoit à rendre la verdure plus sombre & plus profonde.
Ils entendirent du bruit assez près d'eux & distinguèrent quelques voix. Ils

avancèrent vers le bruit, & bientôt ils virent une petite [p.42] troupe de sept
ou huit Outaouais & de cinq Captifs Iroquois. Mouza regarda Tolho & lui
dit:»Je sens mon cœur qui bondit dans mon sein; il s'élance loin de moi, il
m'emporte vers les Ennemis de nos Peres.« Tolho regardoit les Outaouais
avec des yeux étincelans de rage. »Mon arc, disoit-il, se tend dans mes
mains; mes flèches vont partir d'elles-mêmes; on connoîtra les deux Amis.«
A ces mots, ils tirent leurs flèches qui tuent un Outaouais & en blessent
deux, dont un seul fut hors de combat. Les deux Amis jettent leur arc
derrière le dos, & la massue à la main, fondent sur les Outaouais qui
viennent à eux au nombre de quatre, tandis que deux autres emmenoient les
prisonniers. [p.43] Tolho & Mouza échappèrent adroitement à ces quatre
Outaouais, & s'élancèrent comme des traits sur ceux qui conduisoient les
Captifs. La nuit qui succédoit au crépuscule, & les rameaux des grands
arbres répandoient tant d'obscurité, qu'on avoit peine à distinguer les
objets. Les deux Sauvages voyant des Ennemis & ne sçachant pas leur
nombre, songèrent à se sauver, mais après avoir massacré leurs Captifs.
Mouza le premier arrive à leur secours, & les deux bourreaux prirent la
fuite. Tolho les poursuivit un moment. Deux Captifs cependant avoient été
assommés, & dans ceux qui restoient, Mouza reconnut Erimé & Cheriko[*].
»Erimé, Erimé, s'écria-t-il, je mourrai ou je te sauverai la vie.« [p.44] »Je
te la dois, jeune & beau Mouza, dit Erimé, je te la dois.« Au cri de Mouza,
à la voix d'Erimé, Tolho revient; les Outaouais réunis reviennent les
attaquer. Erimé & ses deux Compagnons, enchaînés encore, s'éloignoient
du combat avec peine, & en traînant avec leurs chaînes les cadavres des
deux Iroquois massacrés. Les deux Amis tuèrent d'abord deux Outaouais.
Tolho en vit un qui retournoit sur les Captifs: il courut à lui & le tua.
Erimé tremblante & lui tendant la main, le pria de rompre leurs liens.
Tolho, yvre d'amour & de joie, lui rendit ce service; mais il fallut un peu
de temps. Dès qu'Erimé fut libre, elle se précipita aux genoux de son
libérateur qui s'en dé- [p.45] barrassa pour aller rejoindre son Ami.

   Quelle fut la crainte & douleur de Tolho, quand il ne retrouva plus ni
Mouza, ni les Outaouais! Il répéta plusieurs fois de toutes ses forces le nom
de Mouza: on ne lui répondit point. Il prêta l'oreille & il n'entendit que le
bruit terrible de Niagara. Il revint vers Erimé, qui, dégagée de ses liens,
achevoit de briser ceux de ses Compagnons. Tolho les arma de l'arc & des
flèches de deux Outaouais tués dans le combat. Ils erroient tous au hasard

dans cette obscurité vaste & profonde, au bruit des flots qui se précipitoient
des montagnes; ils jettoient de temps en temps des cris de douleur, &
quoiqu'assurés de n'être point entendus, ils répétoient de moment en mo-
[p.46] ment le nom de Mouza. Après avoir fait dans la forêt plusieurs tours
& détours, ils se retrouvèrent au lever du soleil, sur le lieu du combat: ils y
virent les corps de quatre Outaouais, & cherchèrent en vain celui de
Mouza. Tolho accablé de lassitude & de désespoir, affaibli par le sang que
de légères blessures lui avoient fait répandre, tomba sans sentiment au pied
d'un vieux chêne: Erimé & les deux Iroquois firent leurs efforts pour le
rappeller à la vie; il reprit peu à peu du mouvement; on vit les larmes
couler le long de ses joues, & ses yeux s'ouvrirent: il regarda autour de lui,
& prononça le nom de Mouza.

Erimé étoit à ses côtés, & cherchoit à le consoler par les caresses les
[p.47] plus tendres: elle lui juroit, au nom du Grand Esprit, un attachement
éternel. Tolho la regarda & lui dit:»Mouza étoit ton Amant: c'est lui qui le
premier t'a sauvé la vie: les Outaouais vont dévorer l'ami de Tolho & le
cœur qui t'adore.« Erimé se tut & fondit en larmes. Ils se livroient
ensemble à leurs douleurs; Cheriko se leva. C'étoit un homme de cinquante
ans, distingué par plusieurs actions de courage: il avoit même été plus d'une
fois Chef de guerre & toujours victorieux: on estimoit dans Ontaïo son
grand sens & sa justice. »Jeune homme, dit-il à Tolho, je suis touché de ta
douleur; mais la douleur ne doit point abattre l'homme. Les perfides
Outaouais [p.48] ont enlevé ton ami: ils l'ont peut-être laissé vivre encore.
Allons lui rendre la liberté: s'il n'est plus, allons le venger, & teindre les
eaux du grand fleuve du sang des Outaouais. Les perfides sont venus
comme des brigands nous enlever une femme & quatre guerriers; nous ne
sommes qu'à deux journées d'Ontaïo; allons-y réveiller la guerre. En
arrivant, je vais donner le festin des combats: je rappellerai à nos
guerriers, les victoires qu'ils ont remportées avec moi: ils me nommeront
leur Chef & tu seras vengé.«

Tolho, ranimé par l'espérance de sauver son ami ou de le venger, rendit
graces à Cheriko: ils se mirent en chemin. Erimé ne quittoit point les [p.49]
pas de son libérateur. Vers les deux tiers du jour, ils s'arrêtèrent auprès
d'un ruisseau bordé de fraises, de framboises & d'autres fruits. Erimé en
cueilloit qu'elle présentoit à Tolho: elle lui parloit, elle le consoloit sans
cesse: celui-ci, touché, attendri, hors de lui-même, lui dit combien elle lui

étoit chère. Erimé baissa les yeux & rougit. »Garde-toi, lui dit Tolho, de
me répondre; ne jette point sur moi les yeux du mépris, ne me regarde
point des yeux de l'amour; garde toi d'expliquer ton cœur; c'est la
récompense que je te demande pour t'avoir sauvé la vie. Je sauverai mon
ami, ou je livrerai mon sein aux flèches des Outaouais. Si nous vivons, si
Mouza & Tolho se retrou- / D [p.50] vent encore sur la même natte, ils
viendront à toi, ils te parleront; tu nous répondras alors. Jusques-là,
gardons-nous d'expliquer nos cœurs.« Il prononça ces mots d'un air touché
& en même temps terrible. Erimé fut émue de ce discours & ne le comprit
pas.

Ils alloient quitter le ruisseau & se remettre en chemin, lorsqu'ils virent
sortir du bois plusieurs hommes armés. Erimé fit un cri d'effroi, mais elle
fut bientôt rassurée; elle & ses Compagnons reconnurent les Iroquois
d'Ontaïo & ceux de plusieurs Villages qui s'étoient réunis contre les
Outaouais. Les Iroquois furent charmés de retrouver Cheriko, Erimé &
Tolho: ils pleurèrent les deux Guerriers qu'on [p.51] avoit perdus: ils
espérèrent que Mouza vivroit encore, & il se dirent qu'il ne falloit pas
perdre le moment de le délivrer.

Lorsque les Peuples de ces contrées ont fait des prisonniers, ils les
destinent quelquefois à remplacer auprès des veuves les époux qu'elles ont
perdus; mais le plus souvent, ces malheureux sont destinés à souffrir les
supplices les plus recherchés & les plus cruels. Je ne veux point en faire la
description: le tableau feroit horreur.

Je me contenterai de dire que ces Barbares ont perfectionné l'art de
faire souffrir leurs victimes sans les faire mourir promptement. Les
premiers jours, on les accable d'outrages & de blessures douloureuses qui
n'attaquent / Dij [p.52] point les principes de la vie; les jours suivans, les
blessures sont plus grandes, & enfin ces misérables expirent le cinquiéme
ou sixiéme jour dans les tourmens les plus affreux. Il est d'usage de ne
mettre les prisonniers à la torture, qu'après leur avoir donné de grands
festins.

Les Iroquois se flattoient d'arriver chez leurs Ennemis avant que les
supplices de l'infortuné Mouza fussent commencés; ils marchèrent toute la
nuit & le jour suivant. Erimé qui ne pouvoit les suivre, retourna au Village
d'Ontaïo: elle se sépara de Tolho & de Cheriko en fondant en larmes & en
leur disant: »Allez délivrer Mouza.«

Le soir du second jour les Iroquois [p.53] apperçurent les fumées d'Aoutan, le principal Village des Outaouais. Le Chef plaça Cheriko & quelques jeunes gens dans un bouquet de bois peu distant du Village: il cacha le gros de la troupe sous de grands arbres à fruit & dans les champs de maïs. Là ils attendirent la nuit, & l'ordre fut donné d'attaquer Aoutan une heure avant le jour.

Il y a, dans les Villages de ces Peuples, une Place destinée au supplice des prisonniers; auprès de cette Place, on construit une loge dans laquelle on garde ces malheureux.

Cheriko & quelques Sauvages, du nombre desquels étoient Tolho, furent chargés de se rendre directement à cette loge avant qu'on eût commencé / Diij [p.54] l'attaque, & d'y délivrer Mouza s'il vivoit encore.

Au moment prescrit, les Iroquois se mirent en mouvement. Cheriko & Tolho furent reconnus pour ennemis à l'entrée du village qui ne s'attendoit point à être attaqué si promptement. L'alarme fut donnée, mais Cheriko & Tolho marchèrent, sans s'arrêter, à la loge des prisonniers. Ils casserent la tête aux deux Outaouais qui gardoient cette loge, dans laquelle ils trouvèrent Mouza étendu sur une natte, pâle & couvert de playes & de sang.

Tolho jetta un cri & se précipita sur la natte à côté de son ami, sans qu'il lui fût possible d'articuler un mot. Mouza se releva, & ranimé par la pré- [p.55] sence de Tolho & par le bruit du combat qui commençoit à se faire entendre; »ô mon ami, donne-moi des armes, dit-il; mes blessures sont cruelles, mais elles n'ont point épuisé mes forces. La douleur pourroit-elle empêcher ton ami de combattre avec toi?« On lui donna un arc & des fléches; ils sortirent de la loge; Mouza marchoit avec peine & combattoit avec rage. Les Outaouais surpris, furent d'abord vaincus: la plûpart prirent la fuite & se disperserent dans les forêts: ce qui ne put fuir, fut massacré sans pitié. Quelques uns vendirent chérement leur vie. Cheriko reçut une fléche dans la poitrine. Ce malheur empoisonna le plaisir des Vainqueurs, & fut surtout sensible à Tolho & à Mouza. / Div

[p.56] Les Iroquois, après avoir mis tout à feu & à sang, se rassemblèrent sur la place & se disposerent à partir. Ils enchaînèrent quelques jeunes hommes qu'ils destinoient à remplacer les guerriers qu'ils avoient perdus & ils se mirent en marche. Les prisonniers transportoient sur des brancards Cheriko qui étoit blessé dangereusement & Mouza que ses playes empêchoient de suivre la troupe. Tolho ne quittoit point le brancard de son ami. Bientôt ils se contèrent ce qui étoit arrivé à chacun d'eux depuis qu'ils ne s'étoient vus. Mouza fut transporté de joie d'apprendre qu'Erimé étoit sauvée; il le fut aussi de la manière dont Tolho avoit parlé à cette fille. Après avoir exprimé à son ami tous les sentimens [p.57] qui remplissoient son cœur: »J'ai été digne de toi, lui dit-il; tu me vis combattre; tu sçais que les Outaouais ne me résistoient pas: ils ne me résistoient pas les perfides Outaouais; mais deux d'entr'eux me surprirent, me saisirent par derrière, me lièrent les mains & me forcèrent à les suivre. Je t'appellai à mon secours; tu ne me répondis pas. Je craignis que la fléche de l'Outaouais n'eût fait couler ton sang. Je marchois accompagné de ma douleur, & j'arrivai le lendemain dans l'enceinte d'Aoutan. Les femmes & les enfans m'accablèrent d'injures & me lancèrent des pierres: je ne fus ébranlé ni par les coups, ni par les outrages; je traversai le Village à pas lents, le [p.58] front calme & la tête élevée, & mes regards exprimoient le mépris. Cependant le désespoir étoit dans mon cœur; je craignis que les Outaouais ne vissent ma tristesse. S'ils l'avoient vue, ils auroient dit que ton ami craignoit les supplices & la mort. Je fus entouré des veuves des Outaouais. L'une d'elles dit ces paroles. Que le jeune Iroquois soit le maître de ma cabane, & que sa chasse nourrisse mes enfans. Femme, lui répondis-je, les Outaouais ne me compteront point au nombre de leurs Chasseurs, & je ne serai point le maître de ta cabane; je demande la mort. Les veuves & les jeunes gens jettèrent des cris d'indignation, & je fus condamné aux supplices. Le [p.59] lendemain, je souffris pendant deux heures la cruauté de nos Ennemis. Tu vois qu'ils ont placé des fers brûlans sur plusieurs endroits de mon corps: ils ont arraché plusieurs de mes ongles. Mon cher Tolho, je me suis montré homme, & voici ce que je leur ai chanté.

J'ai vu vos prisonniers chercher d'un œil inquiet la veuve qui viendroit les sauver; mais les veuves des Iroquois ne veulent point de vos Guerriers pour époux.

J'ai vu vos prisonniers, je les ai vu rire dans la douleur; mais ils ne vont point au-devant de la douleur comme le jeune Iroquois.

Femmes, Enfans, Guerriers d'Aoutan, vous prolongez mes supplices, [p.60] & je chanterai ma douleur; redoublez mes supplices, & je cesserai de vivre parmi vous.

O vaillans Iroquois, mes freres! O Tolho, l'ami de mon cœur! O belle Erimé, la plus chere des filles! je ne vivrai point parmi vos Ennemis; je me complais dans ma mort. Adieu.«

Pendant ce récit, Tolho versoit des larmes d'attendrissement & d'admiration: il jouissoit des vertus de son ami & du plaisir de l'avoir délivré.

Cependant les blessures de Mouza se guérissoient, malgré la fatigue de la route. Chez ces Peuples, dont le sang n'est point corrompu par les vins, les mets & la débauche de nos climats, les plus grandes blessures sont guéries [p.61] en peu de jours, surtout dans la jeunesse. Cheriko, plus âgé que Mouza & blessé plus dangereusement, sembloit s'affoiblir & s'éteindre: il conservoit à peine un reste de vie, lorsque la petite armée des Iroquois arriva dans Ontaïo. Mouza & Tolho lui avoient prodigué leurs soins, & il étoit rempli de vénération & de tendresse pour ces deux jeunes gens. Il les avoit entendu souvent, pendant la route, prononcer le nom d'Erimé, en se parlant avec beaucoup d'émotion: il avoit deviné qu'ils étoient amoureux de sa niece, & il leur avoit fait à ce sujet, quelques plaisanteries qui les affligèrent.

Le matin du jour qu'on arrivoit dans Ontaïo, Tolho & Mouza revélèrent leur passion & leur dessein à Cheriko: [p.62] ils oserent le conjurer de leur être favorable. Le vieillard fut d'abord opposé à une sorte d'union qui, sans être contraire au caractère & aux mœurs des Iroquois, n'étoit pas dans leurs usages. Il sentit que cette union avoit des dangers; il les fit voir aux deux Amis; il les exhortoit à combattre leur passion; mais pour réponse à cette exhortation, ils lui contèrent tout ce qu'ils avoient fait. Alors le vieillard, touché de l'état cruel de ces deux jeunes Héros, attendri par leurs larmes, plein de respect pour leur amitié généreuse, assuré que sa niece, qui alloit le perdre, vivroit dans l'opulence & respectée de son Village, pour avoir fait la conquête des deux plus braves Guerriers de la Nation, persuadé que [p.63] la délicatesse & la force de leur amitié les rendroit ingénieux à prévenir la jalousie, convaincu même que la conduite que ces deux Amis se proposoient de tenir avec Erimé, pouvoit leur faire éviter non toutes les peines, mais toutes les dissentions [*sic*]; entraîné aussi par le sentiment des services qu'ils avoient rendus à sa niece & à lui, & que Tolho & Mouza lui rappellèrent, il leur promit de les servir avec chaleur auprès d'Erimé.

Cependant les filles, les enfans, les vieillards d'Ontaïo vinrent au-devant des Vainqueurs, chantant leurs louanges. Tolho & Mouza marchoient à la tête de la troupe, comme ceux des Guerriers qui s'étoient le plus distingués. Erimé fut ravie de revoir les [p.64] deux jeunes Amis. Yolho lui conta tout ce que Mouza venoit de souffrir chez les Outaouais. Mouza lui conta les exploits de son ami qui l'avoit délivré; mais bientôt elle ne parut occupée que de la blessure de Cheriko. Il crut sentir que sa fin approchoit: il fit sortir de sa cabane tous les Iroquois, & quand il fut seul avec sa nièce: «Erimé, dit-il, je vais passer dans la terre étrangère; c'est à toi, fille de ma sœur, à donner à mes amis un festin sur ma tombe. Que le poteau que tu éleveras auprès de ma tombe, dise à mes amis, quel homme fut Cheriko. Les chevelures de vingt-trois de nos Ennemis tapissent ma cabane. J'ai cinq fois été Chef de guerre; je n'ai perdu que six hommes, [p.65] & j'ai pris ou tué cent hommes à l'Ennemi. La fléche de l'Outaouais m'a frappé, lorsque je délivrois un Iroquois; les tigres & les ours craignent la massue de Cheriko; l'orignal & le chevreuil ont rempli mes chaudières; ma chasse a nourri souvent les enfans de la veuve & le vieillard; je n'ai jamais été coupable du grand crime. (C'est le nom que les Iroquois donnent à l'ingratitude.) Mon esprit n'a jamais perdu la mémoire du bienfait. Voilà ce que doit dire le poteau que tu éleveras sur ma tombe. Je te laisse d'autres devoirs. O toi, qui me dois la gloire & les beaux jours de ta jeunesse, n'oublie jamais ce que nous devons à Tolho & à Mouza. Ils t'aiment / E [p.66] plus que la lumiere; ils ne peuvent en jouir sans toi: tu sçais comme ils sont unis; la vie de l'un est la vie de l'autre; & cependant Mouza ne peut te céder à Tolho, celui-ci ne peut te céder à Mouza: ils ont brisé tes liens, & ils vont perdre la vie consumés par l'Amour. Ne me laisse point partir pour la terre étrangère, sans m'assurer que les deux plus braves de nos Guerriers, les meilleurs entre nos jeunes gens, ne seront point malheureux; qu'ils habitent avec toi la cabane que je te laisse. Il n'est qu'un danger à craindre pour toi. Tu mettras la colère dans leur cœur, si tu laisses voir qu'il en est un que tu préferes à l'autre; tu romperois leur amitié, qui fera leur gloire [p.67] & la tienne. Tous deux méritent ton cœur; qu'ils le possedent également; ne souris point à l'un, sans sourire à l'autre; réponds à leur amour, ne le préviens jamais. Vis heureuse, ma chere Erimé, tu le peux; souviens-toi de Cheriko, qui va bientôt dans la terre que le Grand Esprit couvre en tout temps de fruits & de fleurs.

Cheriko cessa de parler, & sa niece versa quelques larmes. Après un moment de silence, elle dit qu'elle devoit tout aux deux jeunes Amis & à lui, & qu'elle ne seroit point coupable du grand crime.

Cheriko appella Tolho & Mouza, qui étoient dans une chambre voisine & séparée de celle du Vieillard par / Eij [p.68] une cloison de natte: ils auroient entendu le discours du Vieillard, si sa voix avoit été moins foible; mais ils entendirent du moins la réponse d'Erimé: ils entrèrent en se précipitant aux pieds de cette belle fille: chacun d'eux prit une de ses mains, qu'il couvrit de ses baisers. »Nous serons tous heureux, dit Mouza; »Nous vivrons pour Erimé, dit Tolho.« Ils se jettèrent aux pieds de Cheriko, & lui rendirent graces. Le Vieillard parut un moment ranimé par la joie de ses amis. Il leur dit qu'il se trouvoit mieux. Le lendemain, il parut avoir plus de forces; & il donna beaucoup d'espérance qu'il pouvoit guérir. Mouza & Tolho se dirent qu'il étoit temps d'achever leur mariage, & que le Vieillard se portoit [p.69] assez bien pour qu'on pût en parler à sa niece.

Dans les différentes conversations qu'ils avoient eu [*sic*] ensemble le jour précédent, ils avoient décidé qu'ils ne verroient leur épouse en particulier que la nuit; mais ils n'avoient point décidé auquel des deux seroit accordée la premiere nuit. Ils prenoient l'un & l'autre des détours pour se parler de cet article délicat. Tous deux étoient dévorés d'impatience: ils craignoient également de paraître demander une préférence & d'exciter entre eux de la jalousie; enfin Mouza céda le premier à la générosité de son cœur. »Tolho, dit-il, je serois malheureux, si la belle Erimé te nommoit ce soir son époux; mais c'est Mouza qui te céde / Eiij [p.70] les plaisirs de cette nuit; sois heureux.« Après ce peu de mots, il s'éloignoit en soupirant. »Arrête, s'écria Tolho, arrête. J'atteste le Grand Esprit que Tolho est aussi capable que toi de dompter son cœur.« Je le crois, dit Mouza; mais sois le plus heureux cette nuit, je n'en serai point tourmenté.« Je le serai, dit Tolho; j'aurai la honte d'être le moins généreux.« Mouza l'interrompit en disant: »Je suis le premier à qui Erimé a dit les paroles d'amour, & c'est moi qui, le premier, ai sauvé les jours d'Erimé dans la forêt. Quelles tortures n'ai-je pas souffertes pour elle chez les Outaouais; mais qu'importe, sois heureux, je ne serai point jaloux. Ah! [p.71] dit Tolho, que n'ai-je pas souffert le jour où je voulus me précipiter dans le grand fleuve? Que n'ai-je pas fait pour Erimé et pour toi? Ne me devez-vous pas tous deux la vie & la liberté? Mais qu'importe, que Mouza

soit heureux cette nuit, je ne serai point jaloux.« Mais, dit Mouza, si
Cheriko nommoit celui d'entre nous.....« J'y consens, dit Tolho.« Ils
entrèrent dans la cabane; ils racontèrent ce qui venoit de se passer entre
eux. Mouza qui avoit fait, le premier, le sacrifice de soi-même, fut nommé
par Cheriko. Il fit signe à sa niece de passer dans la chambre voisine où
Mouza la suivit.

Tolho rougit, pâlit, garda quelque temps le silence, & après un moment
/ Eiv [p.72] de réflexion, s'occupa vivement de Cheriko. Il lui rendoit des
soins, même inutiles, avec un zéle & une activité extrêmes: il montroit, sur
la santé du Vieillard, une inquiétude dont cette santé n'étoit pas l'objet. Il
ne pouvoit rester un moment tranquille sur sa natte: il entendit quelque
bruit dans la chambre voisine: il se leva & sortit de la cabane avec
précipitation.

Cependant Mouza se trouvoit au comble de ses vœux. Erimé, jeune,
belle, vive, recevoit avec transport les caresses de son époux. Après s'être
abandonnés l'un & l'autre à l'yvresse des sens, ils devinrent tendres. »Oh!
disoit Mouza, tu es l'ame de nos ames; tu es la seule femme qui soit belle
pour mon ami & pour moi. [p.73] C'est pour moi que tu es belle
aujourd'hui; tu te seras demain pour mon ami. Dis-moi que tu aimes Tolho,
& demain garde-toi d'oublier Mouza.« Erimé lui dit que Tolho lui étoit
cher, & lui prodigua encore les caresses les plus tendres. Mais à peine cet
ami généreux apperçut la premiere lueur du crépuscule; »je souffre, dit-il à
Erimé, des peines de mon ami: allons lui dire combien il est aimé.«

Cependant lorsque Tolho étoit sorti de la cabane, il s'étoit arrêté sous les
arbres qui l'environnoient. La nuit étoit obscure, le vent agitoit le feuillage,
on entendoit les animaux féroces qui rugissoient dans l'éloignement. Ces
bruits lugubres & les ténébres [p.74] ajoutoient à la tristesse & à l'agitation
de Tolho: il se remit en mouvement & se promenoit à grands pas autour de
la cabane: il s'en approchoit par un instinct machinal; mais il s'en éloigna
subitement, dans la crainte d'entendre quelques mots qui lui auroient percé
le cœur. Le crépuscule ne devoit pas tarder à paroître, la cause des
supplices de Tolho devoit bientôt cesser; il regardoit du côté de l'Orient.
La couleur opale qu'il découvroit sur cette partie du Ciel, lui annonçoit le
jour & le repos, les transports de sa jalousie devenoient moins violens; son
inquiétude se calmoit peu à peu; son ame forte & vive, disposée à
l'enthousiasme, retrouvoit celui de l'amitié; elle s'y livroit, elle sentoit

même la joie, [p.75] & l'amour n'étoit plus pour elle un tourment.»Soleil, s'écria-t-il, sors de ton grand lac & de tes nuages; Pere de la vie, Fils aîné du Grand Esprit, chasse les ombres.

»Soleil, rends la joie au monde; que les ombres sont terribles! Qu'elles pesent tristement sur la terre! C'est dans les ombres que le tigre surprend sa proie, & que la jalousie déchire le cœur.«

Il avoit à peine prononcé ces derniers mots, qu'il se vit dans les bras de son ami. »Ah! dit Mouza, il ne manque à mon bonheur qu'un souris de Tolho. Cher ami, sois content, Erimé nous aime l'un & l'autre.« Ils rentrèrent ensemble dans la cabane. Erimé & Mouza montrèrent à [p.76] Tolho plus de tendresse que jamais: ils le prévenoient sur tout; ils s'occupoient de lui; enfin la Nature leur inspiroit tout ce qu'il falloit faire & dire pour consoler l'amour propre de partager ce qu'il veut posséder seul. Tolho reprit sa gaieté, & ils passerent ensemble une journée délicieuse. Cependant vers le soir, Mouza parut un peu rêveur. Erimé en devina la cause; elle eut pour lui une partie des attentions qu'un moment auparavant elle avoit eues pour Tolho. Celui-ci devina le motif des attentions d'Erimé & les imita. Quelqu'avide qu'il fût des plaisirs qui l'attendoient, amoureux, ardent, passionné, mais généreux, il ne fut pas insensible à la nuance de tristesse qu'il remarquoit sur le visage de [p.77] son ami. La nuit vint, & Cheriko demanda qu'Erimé & Tolho le laissassent seul avec Mouza. Ils lui obéirent.

Tolho passa les premieres heures de la nuit dans les transports les plus délicieux, & jouit de tous les plaisirs que lui avoient promis les charmes d'Erimé & l'emportement de sa passion. Erimé parut répondre à son amour. On n'a point sçu lequel de ces deux époux lui étoit le plus cher & le plus agréable. On a dit qu'elle étoit plus tendre avec Mouza & plus passionnée avec Tolho. Dans cette premiere nuit qui vaut toujours mieux que celles qui la suivent, lorsque les transports de Tolho furent un peu calmés: »Erimé, dit-il, tu es l'ame de nos ames: nous vivons en toi. S'il en est un de nous [p.78] qui soit plus cher que l'autre à ton cœur, ne laisse point échapper ce secret: un mot de ta bouche ôteroit la vie aux deux Amis. Régne sur Tolho, régne sur Mouza, & qu'ils conservent jusqu'au tombeau les sentimens qu'ils ont l'un pour l'autre & pour toi.« [»]J'ai associé mon cœur à vos cœurs, répondit Erimé: soyez heureux, je serai heureuse.«

Mouza, resté seul avec Cheriko, lui parut accablé de sa tristesse. »Jeune homme, lui dit le Vieillard, tu as chanté dans les supplices, & tu te laisses abattre par la jalousie. Quand tu bravois les tourmens chez les Outaouais, que faisois-tu? Ton ame s'élançoit au-dehors, le fer & le feu ne saisissoient point ta pensée, & la [p.79] douleur qui se promenoit sur [tout][*] ton corps, ne pénétroit point jusqu'à toi.« [»]Il est vrai, dit Mouza, mais je portois alors ma pensée sur Tolho & sur Erimé; je les vois dans ce moment, je les vois, & ce sont eux qui m'affligent. Oh bon Vieillard! où porterai-je ma pensée? où pourra-t-elle s'arrêter loin d'Erimé & de Tolho?« [»]Porte-la, dit Cheriko, dans le passé & dans l'avenir; rappelle-toi les délices dont l'amitié a rempli ton cœur, les secours & la gloire qu'elle te promet: penses [sic] à la nuit heureuse que tu as passée avec Erimé, & aux nuits semblables qui te sont promises encore. O jeune homme! il nous est donné quelques momens qu'il faut saisir avec avidité, [p.80] & dont il faut jouir avec yvresse; mais dans le plus grand nombre de nos momens, nous souffrons, si nous ne sçavons pas jouir de l'avenir & du passé, du souvenir & de l'espérance. Je me tais, je t'abandonne à tes pensées, & si tu sçais les diriger, tu retrouveras ton courage. Souviens-toi que la nuit marche à grands pas; le jour la suit.«

Mouza, qui trouvoit tous les momens de cette nuit d'une énorme longueur, sortit dans l'espérance de voir bientôt l'aurore. Cette espérance & le discours du Vieillard avoient un peu ranimé Mouza: il n'étoit plus dans l'abattement: une douleur qu'on veut combattre & qui est mêlée d'espérance, agite l'esprit, dispose le corps au mou- [p.81] vement. Mouza se promenoit sous les arbres qui étoient aux environs de la cabane: l'air étoit frais, le ciel étoit pur, la nuit tranquille; les étoiles étinceloient à travers les arbres; les pâles rayons de la lune perçoient le feuillage, ils tomboient sur la rosée du gazon qui sembloit couvert d'un voile d'argent; un ruisseau peu distant rouloit & murmuroit dans une prairie voisine: Mouza l'endentoit; il entendoit aussi le chant voluptueux & tendre de quelques oiseaux qui annonçoient le crépuscule. Ce calme & cette fraîcheur de la nature; cette douce lumiere, cette obscurité modérée, ces sons variés qui interrompoient foiblement le silence de la nuit, l'espérance de voir bientôt renaître l'aurore, ne firent point cesser / F [p.82] la mélancolie de Mouza, mais lui prêtèrent des charmes. Son ame avoit encore des regrets, de l'inquiétude; mais cette inquiétude, ces regrets, étoient accompagnés d'amour, d'amitié, d'espérance: ces sentimens, les plus agréables de l'humanité, dominoient dans le cœur de Mouza; il se livroit à sa sensibilité vive & profonde, & il l'exprima bientôt avec cette facilité & ce talent naturel que tous les Sauvages ont pour la Poësie.

»J'aime, dit-il, j'aime: l'esprit d'amour est mon ame; qu'il me donne de vie & de délices! J'aime.

»Mes larmes coulent; il m'échappe des soupirs profonds; mes larmes me sont chères, mes soupirs sont doux, j'aime.

[p.83] »Que ce silence, cette douce obscurité, ces astres d'or, cette belle lune, ce chant des oiseaux, ont de charmes pour moi! J'aime.

»J'aime Erimé; j'aime Tolho, & c'est parce qu'ils me sont chers, que tout me plaît dans la Nature.

»L'aurore va blanchir l'Orient; le jour va paraître, & il sera plus délicieux encore que cette belle nuit. J'aime.«

Après cette douce yvresse, Mouza rentra dans la chambre de Cheriko: il y trouva le couple qu'il aimoit; il étoit si rempli de ses sentimens, qu'il fut quelque temps sans pouvoir les exprimer. Il reçut & rendit bientôt les caresses les plus tendres. Tous trois paraissoient contens, & ils l'étoient. / Fij [p.84] Ce qui ajoutoit encore à leur bonheur, Cheriko guérissoit de sa blessure. Le grand sens de ce sage Vieillard contribua beaucoup à maintenir la paix dans ce ménage extraordinaire. La passion des deux Amans éveillée de temps en temps par un peu de jalousie, se conserva long-temps dans sa force; Erimé ne parut se refroidir ni pour l'un ni pour l'autre de ses époux. Tous trois, après avoir passé leur premiere jeunesse dans les plaisirs & l'agitation de l'Amour, jouirent de la paix & des douceurs de l'amitié. Erimé devint un nouvel ami que s'étoient donné Tolho & Mouza: toujours aussi intimement unis qu'ils l'avoient été dans l'enfance, ils continuerent de se distinguer par leur adresse à la chasse, & par leur va- [p.85] leur à la guerre. Ils furent souvent les Chefs de leurs Nation, & ils partageoient le commandement comme les dangers; ils consolèrent Cheriko de sa vieillesse, ils imiterent ses vertus. L'heureuse Erimé fut toujours vigilante, douce, attentive, laborieuse, & le modele de la fidélité conjugale.

F I N.

[p.86]

ERRATA.

PAGE 19, *ligne* 8, *retranchez* l'amas de vapeurs.

Page 26, *ligne* 4, de goûter, *lisez* de ne goûter.

Page 29, *ligne* 12, que tu ne cesseras d'aimer, *lisez* que tu ne cesseras jamais.

Page 30, *ligne dernière*, ne pouvoient pas, *effacez* pas.

Page 33, *ligne* 7, que ce qu'ont fait, *ôtez* que.

Page 43, *ligne* 18, Checiko, *lisez* Cheriko.

Page 79, *ligne premiere*, sur tout, *ôtez* tout.

ANNEXES

ANNEXE A

Commentaire sur le frontispice

Notre frontispice est celui, appelé "titre-planche", de l'ouvrage de Claude-Nicolas Le Cat, *Traité de la couleur de la peau humaine en général, de celle des nègres en particulier, et de la métamorphose d'une de ces couleurs en l'autre, soit de naissance, soit accidentellement*, Amsterdam, M.DCC.LXV, xiv+191pp. Il est dessiné par H. Gravelot d'après l'œuvre de Bocheley et Le Cat en fournit l'explication suivante au début de sa préface (pp.[iij]-iv):

EXPLICATION
du Titre-Planche & des Vignettes.

On lit pour s'instruire & se recréer. Il y a peu de récréations dans un Ouvrage sçavant. Notre siecle a essayé d'en procurer quelques-uns à ceux-ci même, par des Estampes, par des Vignettes de goût & allégoriques; qu'il nous soit permis de suivre cette mode & de dérider le front de nos Lecteurs par quelques décorations amusantes.

LE TITRE-PLANCHE.

Mon dessein a été de rassembler ici les trois principales especes d'hommes, le blanc, le noir & le cuivré. Pour cela j'ai placé la Scene en Amérique, où ils se rencontrent assez souvent.

Une Tente rustique, qui a pour soutien un bananier & un autre arbre Américain, une Cabane dans le lointain, &c. désignent assez une habitation dans le nouveau monde.

Une Françoise, maîtresse de cette habitation fait le principal personnage de ce tableau; une Femme-de-chambre est occupée à lui faire de la limonade. Ces deux Personnages sont ici comme des Députés de la Nation Blanche ou Européenne.

Un laquais Negre placé derriere la Dame est celui de la Nation Ethiopienne.

Un Américain, un homme couleur de cuivre, habillé et armé selon le costume, represente toute sa nation. Il vient là pour les marchandises Européennes, dont il y a un échantillon aux pieds de la Négociante. Il se regarde avec étonnement dans un miroir que lui presente le Negre.

Le Perroquet, le Singe, des Ananas sortis tout naturellement de la terre, sont des ornemens épisodiques qu'on doit s'attendre à trouver dans un tableau Américain.

La devise tirée de Virgile [*Énéide*, VI, 47: *Non vultus, non color unus*, "Il change de visage, il change de couleur"] signifie que la physionomie & la couleur des visages sont différentes dans toutes les figures du Tableau, & plus généralement dans tous les hommes de la surface de la terre dont ceux-ci sont échantillons.

On peut noter qu'Alexis Piron cite le même vers de l'*Énéide* à la fin du portrait qu'il campe de Voltaire en 1735: voir l'édition des *Lettres philosophiques* procurée par F. Deloffre dans la collection Folio, chez Gallimard, 1986, p.34.

ANNEXE B

Extraits des *Incas* de Marmontel

(Jean-François Marmontel, *Les Incas ou la destruction de l'empire du Pérou*, 1777;
édition consultée: Paris: Librairie de la Bibliothèque Nationale, 2 vols., 1895-96)

Dans une préface qui reconnaît sa dette envers Barthélémi de Las Cases, Marmontel
annonce sans ambages son point de vue: p.iv: "Les partisans du fanatisme s'efforcent de le
confondre avec la religion: c'est là leur sophisme éternel." Il poursuit:

Je sais que l'esprit dominant de l'Europe n'a jamais été si modéré; mais je répète ici ce
que j'ai déjà dit, qu'il *faut prendre le temps où les eaux sont basses pour travailler aux
digues.*

Le but de cet ouvrage est donc, et je l'annonce sans détour, de contribuer, si je le
puis, à faire détester de plus en plus ce fanatisme destructeur; d'empêcher, autant qu'il
est en moi, qu'on ne le confonde jamais avec une religion compatissante et charitable, et
d'inspirer pour elle autant de vénération et d'amour que de haine et d'exécration pour
son cruel ennemi." (p.xviii)

Venons-en au chapitre XXII qui aurait été, selon Diderot (voir notre Introduction,
pp.xxix-xx), le point de départ d'un épisode parallèle dans *Ziméo* (voir pp.16-17 ci-
dessus). L'équipage, dans le vaisseau pris dans une accalmie, voudrait manger Amazili et
Télasco, les deux esclaves qui restent à bord, "la sœur et l'ami du chef inca Orozimbo;
amants heureux". Le capitaine refuse, puisqu'ils sont comme son cheval de Troie pour
"gagner la confiance du monarque [des Incas] dont ils vont implorer l'appui" pour
conquérir le Pérou. À la longue, "on sentit s'élever [...] un vent rapide [...]. Il tombe
enfin; et bientôt un calme profond lui succède. [...] et sur une mer immobile le navire,
comme enchaîné, cherche inutilement dans les airs un souffle qui l'ébranle; la voile, cent
fois déployée, retombe cent fois sur les mâts. [...] le ciel, devenu d'airain comme la mer,
ne leur offre de toutes parts qu'une affreuse sérénité. [...] les vivres s'épuisent [...]. A la
disette succède la famine, fléau terrible sur la terre, mais plus terrible mille fois sur le vaste
abîme des eaux [...]". Dans ces circonstances affreuses, "[...] l'un de ces malheureux
[soldats espagnols] s'adressant au capitaine lui parle en ces terribles mots:
«Nous avons égorgé sans besoin, sans crime, ou du moins sans remords, des milliers
de Mexicains: Dieu nous les avait livrés, disait-on, comme des victimes dont nous

pouvions verser le sang. Un infidèle, une bête farouche sont égaux devant lui; on nous l'a répété cent fois. Tu tiens en tes mains deux sauvages; tu vois l'extrémité où nous sommes réduits; la faim dévore nos entrailles. Livre-nous ces infortunés qui n'ont plus comme nous que quelques moments à vivre, et auxquels ta religion t'ordonne de nous préférer»."

"Amazili, d'une main défaillante, pressant la main de Télasco: «Mon ami, si nous étions seuls, je te demanderais, dit-elle, de m'épargner une mort lente, de me tuer pour te nourrir, heureuse d'avoir pour tombeau le sein de mon amant et d'ajouter mes jours aux tiens! Mais ces brigands t'arracheraient mes membres palpitants; et, à ton exemple, ils croiraient pouvoir déchirer toi-même et te dévorer après moi. C'est là ce qui me fait frémir. — O toi, lui répondit Télasco, ô toi, qui me fais encore aimer la vie et résister à tant de maux, que t'ai-je fait pour désirer que je te survive un moment? Si je croyais que ce fût un bien de prolonger les jours de ce qu'on aime en lui sacrifiant les siens, crois-tu que j'eusse tant tardé à me percer le sein, à me couper les veines et à t'abreuver de mon sang? Il faut mourir ensemble; c'est l'unique douceur que notre affreux destin nous laisse. Tu es la plus faible, et sans doute tu succomberas la première; alors, s'il m'en reste la force, je collerai mes lèvres sur tes lèvres glacées, et pour te sauver des outrages de ces barbares affamés, je te porterai sur la poupe, je te serrerai dans mes bras, et nous tomberons dans les flots où nous serons ensevelis."

Le vent se lève juste à temps et (chap. XXIV) emporte le vaisseau vers une "île enchantée" où tout le monde jouit d'une très grande liberté sexuelle mais où Amazili et Télasco restent fidèles l'un à l'autre et vierges par-dessus le marché. Le capitaine Gomès détermine le départ: "Etre oublié, c'est être enseveli." Les Espagnols reconnaîtraient ainsi n'exister que dans le regard d'autrui bien avant que Fanon n'ait émis son idée analogue concernant les Noirs.

Enfin, au chapitre XXV, Amazili et Télasco se jettent à la mer lors d'un naufrage et sont sauvés par Orozimbo.

ANNEXE C

Note de Saint-Lambert au vers:

"Je compare les loix & les mœurs des deux mondes"

("L'Hiver", p.149 des *Saisons*;

pp.172-79 de l'édition in-8° de 1769)

Je voudrois faire une question. La découverte de l'Amérique & celle du passage aux Indes par le Cap de Bonne-Espérance, ont-elles servi au bonheur de l'espèce humaine? Il faut d'abord interroger un Américain, mais dans quelle contrée irai-je le prendre?

Si je choisis un Péruvien [...]

Si je parle à un Mexicain [...]

Si je m'adresse à un habitant de la presqu'isle de Panama [...]

Si je veux m'éclaircir dans quelqu'une des Antilles, & si j'y cherche quelque rejeton de cette race si douce, si bienfaisante & si heureuse qui habitoit ces isles; je n'en trouve plus: les restes de cette race ont été mis en pièces sur les étaux des Bouchers, pour servir de nourriture aux chiens de leurs Conquérants.

Si je passe des Antilles dans l'Amérique Septentrionale, j'y trouve quelques Peuplades de Sauvages, que nos guerres & nos eaux-de-vie détruisent de jour en jour: je quitte ce continent où nous empoisonnons ceux que nous n'avons pu vaincre ou corrompre.

Je fais voile pour la côte d'Afrique, & je la parcours depuis les Canaries jusqu'au Cap de Bonne-Espérance; à la faveur du Zaïre, du Sénégal, de la Gambra [*sic*], j'entre dans l'intérieur de ce beau païs; je trouve partout la guerre; je vois les plus doux des hommes, & qui n'ont rien à se disputer dans une contrée où la terre prodigue tout, je les vois occupés à se nuire, à se massacrer & à se faire esclaves. J'apprends que les Nègres vivoient autrefois en paix, mais que les Anglois, les François, les Portugais, avec un art infernal, sement & entretiennent la division parmi ces peuples qui leur vendent leurs prisonniers de guerre. Or, je sçais comment ces prisonniers sont traités dans nos isles à sucre, & dans les colonies des Portugais & des Espagnols.

Je double le Cap, & je trouve quelques Portugais énervés de mollesse, qui me parlent des prodiges qu'ont fait leurs ancêtres: ces prodiges sont la destruction des peuples & la dévastation des plus belles contrées, depuis la Caffrerie jusqu'à la Mer rouge.

Je vais à la Côte d'Yemen [...]

Je me promène ensuite sur les côtes de Malabar [...] je dis, avec le marquis de Vauvenargue, «on n'a pas le droit de rendre malheureux ceux qu'on ne peut pas rendre bons» [...].

Je demande aux Japonois & aux Chinois [...]

Après m'être assuré que la découverte de l'Amérique & celle du passage aux Indes, ont été funestes aux trois quarts des habitants du Globe; il me reste à examiner les biens qu'elles ont procuré à l'Europe.

Je vois d'abord une maladie terrible qui attaque les sources de la génération, & qu'on ignoroit avant que les Espagnols eussent abordé à Saint-Domingue.

Je ne puis douter que l'usage immodéré du Caffé, du Thé, du Chocolat, des Epiceries n'aient chez les Européens, une partie des effets que nos eaux-de-vie ont chez les Sauvages.

La masse de l'or & de l'argent, qui augmenta tout-à-coup en Espagne, inspira d'abord à Charles-Quint, & à son fils, le dessein d'attenter à la liberté de l'Europe, & fut l'aliment de ces longues & cruelles guerres qu'excita l'ambition de la maison d'Autriche.

Les richesses que les Rois d'Espagne & de Portugal tiroient des Indes, leur firent bientôt négliger l'administration de leurs Etats; les Rois étoient riches & les sujets devenoient pauvres.

Mais l'envie de partager les trésors de l'Espagne, réveilla l'Angleterre & la Hollande; la navigation se perfectionna, l'esprit de commerce s'introduisit, les principes en furent apperçus: c'est à-peu-près dans ce sens que les découvertes nouvelles ont commencé à etre de quelque utilité en Europe, & moins funestes aux deux Indes.

Ces découvertes avoient été faites dans un moment où nous étions plongés dans les préjugés des Romains & des Vandales, il régnoit parmi nous des opinions qui rendent l'homme atroce & destructeur.

On pensoit moins à établir des colonies commerçantes qu'à faire des conquêtes: on dévastoit les païs conquis, parce que la cupidité n'avoit aucun frein chez des peuples auxquels on croyoit ne devoir, ni pitié, ni justice.

Dans les contrées que soumettoient les Européens, les Princes ne virent qu'un nouveau domaine; ils en firent d'abord un objet de brigandage, & depuis un objet de finance; il fallut que des Républicains s'établissent en Amérique & en Asie, pour apprendre aux Rois ce qu'on doit faire des colonies éloignées: plusieurs Monarchies encore portent l'esprit de finance dans leurs établissements, & le mêlent à celui du commerce.

C'est donc le caractère de l'Europe dans le quinzième siècle, qui a fait le malheur des trois quarts de la Terre & de l'Europe même.

Mais les nouvelles découvertes ont été un remède à ce caractère; elles l'ont changé & le changent encore; l'étude qui détruit le plus les préjugés, c'est l'étude des Nations; la lecture des Voyageurs & les Voyages nous ont plus éclairé [*sic*] dans un siècle, que toutes les Universités & la lecture des Anciens n'avoient fait jusqu'alors.

L'esprit de commerce a remplacé peu-à-peu l'esprit de conquête.

La Philosophie a éclairé le commerce même, & a montré qu'il n'en est point de solide sans une industrie intérieure & une bonne agriculture.

Le commerce étendu & le change ont fait naître des richesses qui sont pour ainsi dire le mobilier de toutes les nations: la destruction d'un peuple est la ruine de tous les autres, & la dévastation n'est plus une suite de la guerre.

L'industrie encouragée a donné aux hommes des arts nouveaux, des machines nouvelles. Un homme qui possède dix mille livres de rente, dans une des grandes villes de l'Europe, jouit de mille commodités, que ne pouvoit avoir l'empereur Auguste, maître du monde.

[...]

Le Ris, cet aliment si sain, le Manioc, le Sagou, &c. quelques racines d'Afrique & d'Amérique, le poisson salé, transportés d'un climat à l'autre, donnent par-tout une nourriture plus abondante.

Les hommes de tous les climats n'ont pu devenir nécessaires les uns aux autres, que le sentiment d'humanité n'ait acquis plus de forces, & le progrès de la Philosophie les augmente encore.

[...]

Enfin, sur tous les objets importants au bonheur des hommes, les lumières se sont augmentés & ne se perdront plus. Les Editeurs de l'Encyclopédie ont rendu un service immortel au genre humain; quoiqu'il y ait dans ce Dictionnaire beaucoup d'articles foibles, & ce ne sont pas ceux de ces deux hommes illustres, il n'en est pas moins vrai qu'il renferme le dépôt des arts & des sciences. L'esprit humain ne peut faire de pas en arrière, comme il en a fait depuis le regne de Constantin jusqu'au quinzième siècle; il faudroit une révolution du globe entier pour ramener la barbarie. De jour en jour notre espèce doit tirer de nouveaux avantages de la découverte de l'Amérique, du passage aux Indes, du progrès du commerce, du progrès des sciences, de la navigation & de la Philosophie. J'aime à espérer & j'espère.

ANNEXE D

Réflexions sur les moyens de rendre meilleur
l'état des Nègres ou des affranchis de nos colonies
(Texte de Saint-Lambert publié pour la première fois par Michèle Duchet,
Anthropologie et histoire au siècle des Lumières, 1971, pp.177-93,
que l'on consultera pour toutes les informations utiles le concernant.)

Tous les papiers que je viens de lire; lettres, ordonnances, despeches, mémoires, etc.,
n'ont fait que me confirmer dans l'idée où j'étais que les préjugés établis dans nos colonies
rendront difficile tout changement en faveur des hommes de couleur, mais ne les rendent
pas impossible et ne doivent pas empêcher de les tenter. Je commencerai par faire quelques
observations sur la despeche, et d'abord pour admirer cette belle maxime, *La politique bien
entendue se rapproche plus communément qu'on ne le croit de l'humanité qui réfléchit.*
J'irais peut-être plus loin et je dirais que toute politique qui blesse l'humanité est une
detestable et qui en est punie tot ou tard. Cette vérité peut se démontrer à la rigueur par le
raisonnement et par les faits. Mais lorsqu'on croit que la politique et l'humanité doivent
toujours agir d'accord, il faut si l'on veut être consequent se proposer de tendre à
l'affranchissement des nègres et de traiter mieux les affranchis.

Je ne puis penser avec les respectables auteurs de la depêche qu'il faille attendre à la
sixième generation pour assimiler les descendants des noirs à la race blanche. La nature
alors les a parfaitement assimilés. Il faut dans la vue de préparer l'affranchissement général,
rapprocher dès à présent les mulâtres des blancs, pour rapprocher un jour les noirs des
mulâtres.

Il est temps de commencer à ne voir, comme M. d'Enneri, dans nos colonies que deux
races d'hommes, celle des libres et celles esclaves; en attendant le jour où l'on n'y verra
que des hommes libres également sujets du Roy, et jouissants également de tous les droits
du citoyen.

Je ne pense pas comme les auteurs de la depesche que les affranchis, les mulâtres, s'ils
sont assimilés aux blancs deviendront incessamment leurs rivaux et leurs ennemis. Dans un
pays éloigné de la cour ou il y a peu de grâces à solliciter, peu de distinctions a espérer, ou
le petit nombre des distinctions ne mene ni a de grands honneurs ni a une grande fortune,
les rivalités seront nécessairement rares, elles sont presque nulles entre les cultivateurs
occupés également de faire valoir leurs terrains, et a en tirer tout le parti possible, c'est la

une des causes de ces bonnes mœurs qui regnent ordinairement ches les peuples agricoles qui ne sont pas opprimés.

Lorsque les charges seront données un jour indifféremment aux blancs et aux noirs, il y a aura sans doute quelques rivalités particulières d'individus a individus, comme il y en a dans toutes les sociétés, mais elles n'en troublent ni l'ordre ni la paix, et il me semble qu'elles ne doivent jamais être l'objet de l'attention du gouvernement.

Je crois que plus les mulâtres ou affranchis seront rapprochés de la condition des blancs, et plus, dans tous les tems ils seront séparés des noirs. Alors dans toutes les occasions il feront cause commune avec les blancs, alors s'il est nécessaire ils les défendront avec zele contre les Noirs, ou bien l'homme est fait dans nos Isles autrements qu'il ne l'est partout ailleurs. Il n'y a pas de distinctions au brezil, entre les affranchis et les portugais, et il n'y a de divisions qu'entre les naturels du pays et les deux autres races, celles ci restent unies et combattent ensemble contre les bresiliens.

Je persiste donc a penser d'après mes faibles connaissances sur la nature de l'homme que les mulatres et les affranchis n'étant plus chargés de marques de mépris, étant mieux traités par le gouvernement et par les blancs, auront des mœurs et seront de bons et d'utiles citoyens.

Je crois entrevoir une espece de contradiction dans la depêche, on dit dans un endroit que les affranchis sont des maîtres fort durs et dans un autre qu'ils ne se permettent pas contre leurs esclaves les memes atrocités que les blancs.

Pour prouver que les affranchis sont des maîtres fort durs, on dit que les Negres redoutent beaucoup d'être leurs esclaves. Je crois qu'ils le redoutent, mais c'est parce qu'il est plus humiliant d'être l'esclave de son egal que de celui dont on a reconnu depuis longtemps la supériorité, c'est que dans cet état avec le malheur d'être Esclaves ils ont celui de l'être d'une race méprisée et les Nègres seront moins humiliés de la servir. D'ailleurs elle perdra de sa dureté parce qu'elle sera moins aigrie.

Je crois qu'il faut dès à présent abolir la loi qui defend les voitures aux affranchis et mulâtres et celle qui les borne à certains genres de vetements. Je persiste a penser que si vous les soumettes a des Loix somptuaires, ils consomeront moins de denrées de la metropole, ils desireront moins de s'enrichir, et des lors ils travailleront moins.

En leur rendant toute liberté de se loger, meubler, voiturer, comme ils le jugeront a propos, je suis fort éloigné de penser qu'on doive leur conserver une petite distinction, comme ce serait par exemple, un genre de coiffure, et je suis étonnée [*sic*] que des hommes de merite, tels que les auteurs de la depesche ayant eu cette pensée, la société des blancs de St Domingue pourrait l'avoir inspiré il faut une philosophie bien ferme et bien a soi pour ne pas se teindre jusques a un certain point des préjugés et des opinions de ceux dont on est environné.

Mais à quoi servirait cette distinction? Serait-ce a distinguer les races d'affranchis qui sont devenus blancs a la sixième generation? non, car les auteurs de la depesche pensent qu'il faut assimiler en tout ces nouveaux blancs aux anciens.

Serait-ce pour distinguer des blancs les mulatres et les affranchis mais leur couleur les en distingue bien asses le genre de coiffure ou autre signe qu'on voudrait leur donner ne serait donc qu'une humiliation, une suite de ce barbare orgueil des blancs qui veulent accabler de mepris une race qu'ils ont accablé [sic] de maux ce serait un moyen de prolonger encore l'empire et la durée du préjugé qu'on veut détruire.

Dans la vue de parvenir un jour a l'affranchissement general des nègres, et de faire d'eux un peuple citoyen il faut s'occuper de leur morale et être bien sur qu'un peuple avili et maltraité n'en peut avoir. Que doivent être les mœurs d'un pays ou la plus grande partie de la nation aurait plus à gagner a devenir blanche qu'a se rendre honnête et ou les avantages de la société seraient donnés à la couleur du teint, plus qu'au bon caractere et a la bonne conduite.

Les auteurs de la Depesche paraissent attribuer à la manière humaine dont les nègres affraichis et même les esclaves sont traités dans les colonies espagnoles, le peu de progres de ces colonies. Mais n'y a-t-il pas des causes plus vraissemblables [sic] de leur langueur.

1° L'Espagne n'a ni asses de population ni asses de manufacture, ni asses d'esprit de commerce pour tirer parti de ses colonies elle les voit encore de meme œil dont elle les vit dans le 16e siècle comme de grandes possessions. Ce sont des conquêtes qu'elle veut conserver plustot qu'en tirer parti pour le commerce de la metropole, elle les régit avec des vues fiscales, plus qu'avec des vues commerçantes.

2° Les possessions Espagnoles en Amerique sont d'une si prodigieuse étendue que le gouvernement ne peut donner qu'une legere attention a chacune d'elle[s].

3° Il faudrait tous les negres de l'Affrique pour cultiver les colonies espagnoles comme on cultive nos Isles.

4° La préférence que l'Espagne a donnée aux métaux sur les productions de la terre, en a fait négliger la culture.

5° Certaines productions que l'Espagne possede exclusivement, comme la cochenille, le quinquina, les bois rares, etc., l'on[t] dispensée d'avoir des plantations de cannes et d'indigo, avec tant de richesse dispersées [sic] elle n'a pas été tentée d'en rassembler beaucoup d'autres dans un seul lieu.

6° L'esprit dans lequel les espagnols emigrent de l'Europe en Amérique nuit encor a la culture de leurs colonies. La plupart n'y vont chercher qu'une maniere de vivre et non de s'enrichir, ils sortent de la plus extrême misère et la plus legere aisance leur suffit, avec un petit terrain qui leur donne le necessaire, ou une petite charge qui leur donne quelques considérations ils sont heureux et faineants sous le beau ciel et dans les fertiles contrées du Mexique et du Perou.

7° Les Negres sont en general pour les Espagnols non des esclaves dont ils font servir le travail à l'augmentation de leur fortune mais des domestiques dont le zele et l'intelligence leur sont agréables.

8° La race que les espagnols veulent tenir sous un joug dur et humiliant est celle des naturels du pays et ils semblent même se ménager dans les nègres des défenseurs contre cette race malheureuse qui se revolte de tems en tems.

Mais cette état de choses dans les colonies espagnoles ne doit pas durer, apres les belles lois du Roy d'Espagne d'aujourd'hui.

Comme il y a quelque conformité entre le projet de ce Prince qui veut assembler en tout les naturels du pays aux Espagnols et le projet d'assimiler dans nos colonies les races noires et blanches, on pourrait s'informer comment l'Espagne s'y est prise pour faire executer les nouvelles loix. On pourrait interroger M. Dombei l'un de ces voyageurs éclairés que M. Turgot avait envoyés en Amerique et en Asie. En suivant toujours la dépeche je ne dis rien sur le piquet, on peut abuser de cet établissement qui peut être utile c'est au commandant plus qu'au Ministre a empêcher ces abus, et il y veillera sans doute, on peut même en être sur.

Quant au actes matrimoniaux et autres, je pense qu'on ne doit point y insérer que les contractants sont mulatres ou noirs, mais bien il faut y mettre un nom different de celui des maîtres et empecher la confusion des familles, les mulâtres ou affranchis enfants légitimes peuvent prendre le nom de leur Père, les batards celui de leur Mère.

Il faut dire un mot sur cette insolence que les blancs plus que les auteurs de la dépesche croient devoir être le caractère des Affranchis si on les traite comme des blancs, l'exemple de quelques parvenus d'Europe contribue a faire naître cette crainte mais il faut d'abord prendre garde qu'il n'y a guères que des insolents qui craignent si prodigieusement de trouver de l'insolence nos parvenus sont d'ordinaire excessivement riches ils voudraient que leurs richesses les égalent a la Noblesse qui a des prérogatives dont ils ne peuvent jouir ils s'en vangent asses ordinairement par un peu d'insolence, cela arrive quelques fois mais plus rarement qu'on ne le dit. Si les mulâtres et affranchis viennent à être assimilés aux blancs ils n'auront pas les mêmes raisons d'être insolents que les parvenus de l'Europe. Peut être si quelques-uns d'eux s'enrichissent, seront-ils comme des parvenus d'Europe c'est la un petit mal dont la société fait justice par le ridicule, et dont en vérité le gouvernement ne doit pas s'occuper.

Je trouve que ni cette excellente depesche ni les mémoires ne doivent faire changer d'avis sur le projet de rendre dès a present meilleure la condition des affranchis, de tendre a les assimiler parfaitement dans fort peu de temps a la race blanche et de preparer l'affranchissement de tous les noirs, mais je trouve en même temp[s] que les memoires de la depesche doivent rendre plus circonspects encore sur le choix des moyens, et sur la manière de les employer. Il y a un moyen dont je n'ai pas parlé dans le premier mémoire parce que je n'avais pas asses de notions des mœurs du clergé et de son influence aux Antilles. Ce moyen – la Religion – il est bien difficile de l'employer dans ce moment ou les prêtres sont tout a decouvert, fainéants, avides dissolus et très semblables au chapelain que vantait Mylord Chesterfield parce qu'il lui manquait un vice qui aurait caché tous les autres l'hypocrisie il n'y a rien a esperer d'un clergé impudent mais il n'est pas impossible de le ramener de l'impudence à l'hypocrisie et cela suffira pour le faire servir aux grandes vues du Ministre.

Les préfets apostoliques dont il dépend n'ont pas assez d'autorité et surtout n'ont pas assez de considération, je crois qu'il faudrait à ces préfets ajouter des Evêques qui reprendrait [sic] une partie des droits et des fonctions des préfets apostoliques. Mais ces Evesques tels qu'ils conviendraient sont difficiles a trouver je voudrais des hommes de 40 ans, de bonnes mœurs, fermes, humains et point devots, on les trouverait plus aisément qu'ailleurs chez les Oratoriens, ils sont en général plustot une société de philosophes qu'une société de religieux, ils ont plus de raison, que de croyance, et [sont] plus attachés à la propagation de la morale qu'à la propagation de la foi.

Je suppose les Evesques trouvés, arrivés, et placés sur leurs sièges. Laissons leur faire d'abord ce qu'ils jugeront le plus a propos pour rétablir les mœurs ou du moins la décence parmi les prestres et voyons comment ils pourront être utiles aux grandes vues du ministre. Ils ne tarderont pas a dire que l'esclavage est opposé à la loi de la naturelle [sic] et a celle de l'évangile, mais ils ajouteront que l'église le tolère dans l'espérance d'attirer les esclaves a la religion ils prescheront aussi que d'après l'évangile on doit la charité à tous les hommes de quelque couleur qu'ils soient et que c'est un très grand crime de traiter mal ceux qui ont le malheur d'être esclaves. Concerter avec les commandants, et intendants, les sujets de sermons qu'ils feront et feront faire. Ils prendront des Noirs a leur service, ils affranchiront ceux dont ils seront contents et les garderont chez eux comme domestiques. Quelques pretres en feront autant a leur exemple les Evesques pourront établir quelques écoles ou les enfants de différentes couleurs seront receus et traités également. On aura soin dans les écoles que les petits blancs ne traitent point mal les petits noirs.

On affranchira de preference les esclaves qui se seront faits chretiens, cela pourra faire quelques mauvais chretiens mais cela fera des hommes libres.

Quant aux mulatres et aux anciens affranchis, les Eveques recevront chez eux et traiteront avec politesse ceux d'entre eux qui auront des mœurs, ils ne tarderont pas a les admettre a leur trable d'abord avec quelques prêtres seulement et ensuite avec quelques blancs devots, il n'y en a gueres aux isles. Cependant il ne sera pas impossible de trouver quelque vieille de race blanche et quelque libertin decrepit de la meme couleur qui auront de la devotion on pourra les déterminer en l'honneur de J. C. a manger avec quelques convives ou aussi noirs ou aussi jaunes que ceux qui auront fait le repas.

L'Evesque et les pretres precheront beaucoup l'obeissance aux loix, la fidélité au Roi; l'amour de la Métropole, celui du bien public, l'amour du travail, la charité, etc., ils paraîtront faire esperer quelque indulgence sur l'article de la chasteté c'est la vertu qui coute le plus dans nos isles, les Evesques en donneront l'exemple il en sera comme en Espagne ou les moines sont très dissolus et ou les Evesques ont les mœurs les plus pures.

Les pretres imiteront envers les affranchis la conduite des Evesques, les devots ne s'en éloigneront pas, et le préjugé doucement attaqué cedera peu a peu. Si l'on pouvait en même temps conférer la pretrise a quelques Negres, cela releverait beaucoup la race noire on cessera de lui temoigner du mépris, lorsque· le gouvernement secondera par des loix les bonnes intentions des Evesques.

En attendant on peut dès a présent commencer par inspirer aux colons la crainte de manquer incessamment d'esclaves. Le prix qu'ils coutent attestera que cette crainte n'est pas sans fondement, mais il faut lui en donner d'autres c'est ce que feront deux nouvelles très sures qu'il faut se hâter de répandre dans nos isles.

J'ai parlé d'une de ces nouvelles dans le premier mémoire c'est celle de l'association formée entre bonnes gens, pour aller ou envoyer persuader aux princes affricains de faire cultiver le sucre et l'indigo par leurs sujets, plustot que de nous les vendre comme esclaves.

La seconde nouvelle est celle de l'établissement des Anglais à la Sierra Leone, ils y établissent beaucoup de nègres libres, et ce n'est pas pour leur faire prendre l'air du païs c'est pour en former une colonie qui cultivera les plantes que nous cultivons en Amerique.

Que cette colonie veuille ou ne veuille pas se servir d'esclaves, elle nous enlevera nécessairement le commerce. Si elle s'en sert elle les tirera facilement des princes voisins et quand même elle les pairait le double de ce que nous les paions, ils lui couteraient encore moins cher qu'a nous: parce qu'ils n'auraient point a supporter les risques de la traversée et les frais de transport.

Si la nouvelle colonie ne se [sert?] pas d'esclaves, comme j'ai quelques raisons de le croire c'est que les nègres libres qui la composent cultiveront eux memes et engageront d'autres Negres a cultiver.

Je crois que ces nouvelles répandües avec soin et avec art dans la colonie y inspireront sur le champ la crainte de manquer d'esclaves et que cette crainte disposera des colons a mieux traiter les Noirs quand ils les traiteront ils les haïront moins, ils seront disposé[s] a voir d'un meilleur œil et les esclaves et les affranchis.

Je crois que dès a present et sans perdre un moment, il faut repandre ces nouvelles et ces craintes on ne risque rien de les repandre et cela preparera tout le bien qu'on veut faire ce qu'il faut faire encore incessamment est de promettre des primes aux vaisseaux negriers qui apporteront une certaine quantité de jeunes femmes et de jeunes filles je crois aussi qu'on peut dès a present et ausstôt ou au moins après que les mauvaises nouvelles auront été reçues dans nos isles faire une loi qui mettre de la différence entre les mulâtres batards et les mulâtres légitimes.

Les batards seront esclaves et le pere pour les rendre libres sera obligé de les affranchir.

Les mulâtres nés légitimes seront libres de droit, quand ils seraient nés d'une blanche et d'un esclave on peut faire succeder a cette loi qui n'est pas une des plus importantes mais qui contribuera cependant a faire faire quelques mariages de plus et a faire penser des mulatres qu'il faut plus attacher le mepris a leur batardise qu'a leur couleur.

On peut des cette année faire succeder a cette loi deux autres loix:

La première rendra aux affranchis le droit de travailler en orfevrerie et il ne leur sera permis de travailler en pharmacie qu'a la 4me generation.

La seconde abolira les loix nouvelles qui interdisent le luxe aux affranchis, et la defense ridicule aux dragons mulatres de frequenter les blancs.

On dit dans la depeche que ces deux loix que je propose d'abolir sont tombées en désuétude.

Il ne faut pas moins les abolir par une ordonnance et pour plusieurs raisons si la loi est tombée en désuétude les blancs seront peu blessés de la voir abroger.

Il vaut toujours mieux abroger une loi reconnue pour mauvaise que la laisser tomber en désuétude:

1° Parce que les hommes qui voient qu'on peut ne pas obeir a une loi perdent jusqu'a un certain point le respect qu'ils doivent a toutes les loix.

2° Ce peu de respect pour les loix, dangereux partout, l'est davantage dans les colonies.

3° Une loi a beau être tombée en désuétude tant qu'elle n'est pas autentiquement abolie une administration peut la faire rétablir.

[...]

Au reste les loix sur les mulatres legitimes ou batards sur le luxe des affranchis sur l'orfevrerie, etc., peuvent toutes être renfermées dans une seule ordonnance et même cette ordonnance ne semblera qu'expliquer et faire revivre l'ancienne loi du code noir qui assimile en tout les affranchis aux blancs.

Il y a de l'avantage a ne faire qu'une ordonnance. Si les loix qu'elle contient deplaisent aux blancs elle ne leur donnera qu'un moment d'humeur, elle n'en donnera qu'une seule fois, et selon le caractère des français plus légers encore dans nos isles qu'en France même cette humeur passera promptement.

Si cette ordonnance nouvelle semble se borner a faire revivre d'anciennes loix du Code Noir elle revoltera moins les colons, et commettra moins le Ministre.

Apres la promulgation de cette ordonnance on pourra donner quelques emplois aux affranchis mais il faut d'abord choisir des emplois qui soient plustot des marques de confiance qu'ils ne donnent de la considération.

On pourrait dès a present se servir des affranchis pour la perception des deniers royaux, leur confier des doüannes de petites places de finances cela ne blesserait pas beaucoup les blancs et cependant les accoutumerait a voir les affranchis chargé[s] de quelque chose.

On pourrait encore les commettre à l'inspection de chemins, des ponts, etc., s'il y en avait qui eussent des connaissances relatives a ces sortes de fonctions. La police pourrait aussi les employer.

[...]

Je vais a present faire part des changements qu'on peut faire a quelques articles du Code Noir, et dans ces changements je ne perdrai pas de vue les projets du Ministre de faire cesser les préjugés qui s'opposent à l'assimilation des blancs et des affranchis, de rendre dès a present meilleure la condition de ces affranchis ou mulatres et celle des esclaves, enfin de preparer l'affranchissement des noirs et de les multiplier par eux mêmes de manière que la traite d'Affrique devienne inutile.

Dans l'ordonnance qui commence page 28 je voudrais quelques changements les voici:

1° Se borner a exorter et non a obliger les colons à faire instruire leurs esclaves dans la Religion chretienne.

2° Au lieu du 8me article qui déclare batard tous les enfants nés d'un mariage contracté entre des Africains ou mulatres affranchis ou esclaves qui vivront dans la religion africaine.

Pour donner de l'authenticité aux mariages de ces Esclaves on les obligera de le declarer chez quelque magistrat qui sera préposé pour cette fonction.

Au lieu de l'article 11me j'en voudrais un qui permit aux esclaves chrétiens de se marier sans la permission de leurs maitres, et obligea les curés de les marier, la crainte de manquer bientôt d'esclaves fera que cette loi ne blessera personne.

L'article 16me page 36 qui defend les attroupements des Nègres n'est pas assez précis, il faut spécifier le nombre auquel ils pourront se rassembler, je fixerais ce nombre à 30 dont le tiers au moins serait des femmes ou filles.

L'article 22me page 40 ne me parait pas ordonner aux maitres d'accorder asses de nourriture a leurs esclaves.

J'ajouterais un article par lequel on préposerait des hommes de police pour veiller a ce que la nourriture des esclaves fut de bonne qualité et dans la quantité prescrite par la loi.

Par l'article 26me je condamnerais a 20 coups de fouet l'esclave qui se serait plaint injustement et a quelques épices le maitre justement condamné.

Je changerais quelques choses à l'article 27me le prix de 6 sols par jour que le maitre doit payer pour son esclave a l'hopital ne suffit plus comme autrefois, il faudrait 20 s monnaie des Isles.

L'article 29me ne me parait pas assez clair.

L'article 31me semble contredire l'article 26me qui permet aux esclaves de se plaindre et de citer leur maitre devant un juge.

Je substituerais a l'article [38] qui condamne les esclaves fugitifs a se voir couper les oreilles ou le jarret, un article qui les condamnerait au fouet et a vivre quelque temps de manioc, sans viande et sans poisson.

L'article 40me me parait fort injuste et fort atroce il prescrit de faire payer à tous les negres le prix d'un esclave condamné à mort ce dedommagement pour le maître n'est propre qu'a le rendre plus cruel.

Il y a trop de vague dans l'article [58] qui prescrit le respect à l'affranchi pour ancien maitre, il ne specifie ni ce qui constitue le délit ni la peine que mérite ce délit, l'ingratitude est un vice que punissent les mœurs, la conscience de l'ingrat et non les loix.

Dans l'édit de 1716 sur les esclaves Nègres page 169 je confirmerais le 1er article, mais je prescrirais aux pretres de travailler a la conversion sans les importuner, que ce soit par des caresses par des bons offices plus que par de longs sermons qu'ils persuadent.

Le 28me article page 299 ne spécifie pas asses quelles sont ces voies de fait pour lesquelles un esclave doit être puni de mort.

Des articles suivants il faudrait oter la peine de mort pour les vols qui ne sont point commis avec effraction ni attentat a la vie.

ANNEXE E

Extraits des *Lettres iroquoises*, de Jean-Henri Maubert de Gouvest,
Irocopolis: chez Les Vénérables, 2 vols, 1752

Anonymes lors de leur publication, les *Lettres iroquoises* empruntent la forme des *Lettres persanes* de Montesquieu et ne manquent pas d'annoncer à certains égards *L'Ingénu* de Voltaire. Elles sont adressées de France au "vénérable Alha" par Igli et le lieu de publication fictif souligne le jeu tout littéraire de la critique sociale qu'elles renferment. Nous en extrayons des passages qui, outre leur intérêt général dans le contexte d'une réflexion sur le même et l'autre, en montrent d'une part, comme chez Saint-Lambert, les qualités d'intelligence et de bon sens prêtées à l'Iroquois, qu'on taxe d'habitude de barbarie inhumaine, et d'autre part la verve d'une écriture qui en rend la lecture toujours agréable. Nous n'avons pas résisté à la reprise de certains bons mots. Nous respectons l'orthographe et les italiques de la première édition. Une nouvelle édition, modernisée, a été établie en 1962 par Enea Balmas, qui réunit tout ce l'on peut savoir de Maubert.

1ère lettre: J'ai traversé les mers habillé en *Européen*, & j'ai été extrêmement surpris de trouver des pays délicieux, & des peuples tout-à-fait différens de nous dans leurs manières, & dans leurs idées. [...] En vérité, sage Alha, ces hommes sont bien fous ou bien stupides. Nos pères, aussi anciens que le soleil, nous ont laissé pour tout héritage leurs arcs, leurs flèches & des peaux d'animaux: ces choses sont utiles à la vie. Ce que je ne puis comprendre, c'est que parmi ces nations bizarres il y a des pauvres & des riches, distinctions inconnuës dans nos heureux déserts. Que j'aurai de choses à t'écrire: je doute fort que nos illustres *Iroquois*, quand ils seront bien informés, se resoudent jamais à bâtir des villes & des temples, à vivre avec des loix aussi barbares, & aussi contraires au bon sens, que celles de ces pays singuliers. [...] le peuple, qui parle ce langage [le français], passe pour le plus cultivé de ces climats.

Seconde lettre: J'ai eu long-tems une erreur dans l'esprit, & j'en rougis à tes piés: j'ai cru que les ames de nos sages *Iroquois* venaient après la mort jouïr dans ces contrées voluptueuses de la recompense de leurs vertus, en se revêtant de nouveau corps; mais j'ai été bien-tôt détrompé par les crimes que j'ai vu commettre ici. Le croirais-tu, cher ami? ils refusent à leurs frères & leurs voisins les choses nécessaires à la vie: j'ai conclu de-là, qu'il étoit impossible que ces hommes heureux & opulents fussent les ames de nos saints *Iroquois*.

4ᵉ lettre: [...] un étranger a toujours à craindre, quoique d'ailleurs les *Français* se piquent de liberté dans leurs sentimens. [...] Les habitans de cette ville immense, où je suis, chérissent les champs & la verdure: ils vont à certains jours & dans certaines saisons en goûter le repos avec empressement: ils ne sont à la ville que par la nécessité du commerce [...].

5ᵉ lettre: Comment disent-ils que *Jesus* les divinise? C'est en se faisant manger par eux. *Jesus* leur a donc donné les mêmes leçons que celles que nos ayeux nous ont laissées. Je ne vois ici que des enfans qui n'ont pas mangé leur père. On m'en montre à la cour & dans tous les etats. En effet, si ce que me disent les *Français* est vrai; ils ont eu des hommes admirables: mais ce que je sais, c'est que leurs descendans ne leur ressemblent pas.

6ᵉ lettre: Ah sublime Alha! le monde n'est-il pas une unique famille. Le prémier homme n'étoit-il pas père, frère & époux de la première femme tout à la fois? Chez nous tous les biens ne sont-ils pas communs? Nous suivons la simple Nature, pourquoi s'en sont-ils écartés? [...] Chez nous toutes les conditions sont égales. Le cœur seul décide de nos engagemens. Il nous lie & nous délie à son gré. [...] Si *Glé* n'étoit pas ma sœur comme elle est mon épouse, la passion que j'ai pour cette *Europeënne*, effaceroit celle que je dois avoir pour la mère de mes enfans. C'est à présent que je reconnois la sagesse de nos usages. La tendresse extrême qu'un frère a pour sa sœur, soutient celle que je lui dois en qualité d'époux. [...] C'est un crime digne du feu [en France] de trouver dans le sein de sa sœur un double amour, un double engagement. Scais tu bien, cher Ami! qu'ils s'épousent sans se connoître? [...] Assûre de plus en plus les habitans de nos contrées, qu'ils sont eux-mêmes les Sages de la Terre. Il est vrai que les *Européëns* semblent avoir emprunté des cieux des sécrets, qui ne nous sont pas révélés. Tu ne pourrois, cher Alha! t'imaginer les prodiges qu'ils ont inventés, l'usage qu'ils tirent de toutes choses, & leur adresse inconcevable. Ils semblent disputer au grand Esprit le droit de créer. Mais souviens toi bien, cher Ami, qu'il vaut mieux pour nous, d'ignorer les commodités de la vie que d'apprendre d'eux tous les vices.

7ᵉ lettre: Sais tu bien, cher Alha, qu'ici on ne prête rien sans caution? Tant ils sont persuadés de leur mauvaise foi mutuelle. [...] *Jean Chrysostome* dit, que le mien & le tien sont la source de tous les maux sur la terre.

8ᵉ lettre: [...] ils pretendent que l'Amour des femmes est criminel. Ce penchant que le Grand Esprit nous a donné, n'a d'autres bornes que notre cœur & nos desirs infinis. Ils croyent ici que nous devons etouffer cette vois de la Nature, & ne lui donner que certains consentemens, sans quoi ils se persuadent, qu'après la mort, nous souffrons des feux ardens dans des lieux souterrains. [...] Oh oh! me disoit un de leurs

Venerables, notre cœur & le vôtre, *Iroquois*, ne s'accordent que trop, mais nos livres le deffendent.

Quoi donc, lui dis-je, ton cœur dit blanc & tes livres noir; & tu dis qu'ils sont les uns & les autres l'ouvrage du même Dieu? tu ès fou Reverend. N'ès-tu pas plus certain, que le Grand Esprit a fait ton cœur, que tu n'ès certain qu'il a dicté des volumes à tes Inspirés? [...] Apprens à mes enfans à s'aimer mutuellement; & dès qu'il [*sic*] seront nubiles, unis chaque frère avec sa sœur, selon leur choix & leur volonté, embrasse mille fois ma chère *Glé*, ma sœur, & mon épouse: dis lui que le Grand Esprit m'a donné quatre enfans ici, afin qu'elle s'en réjouisse avec moi.

9ᵉ lettre: Comme je veux m'instruire de leurs sentimens, j'assemblai il y a quelques jours dans mon habitation, un *François*, un *Juif* & un *Turc*. Je leur avois fait preparer un repas. Mais quand je voulu [*sic*] leur faire mettre à table selon l'usage de ce pays, le Juif et le François ne voulurent pas manger, & le Turc ne voulut pas boire [...]. [...] J'avoue que je fus aussi surpris que rebuté de ce cahos [*sic*] de raisonnemens, aussi absurdes qu'inintelligibles. Ce que je sais, c['])e[st] qu'ils les attribuent à leur Evangile, que je lis tous les jours, & où ils trouvent, ce qu'il ne dit point. Je les regarde en vérité, mon chèr Alha, comme des insensés qui contestent la forme, tandis qu'on leur dispute le fond. [...] Que vous êtes fous, leur-dis-je, de prendre des hommes pour vos Docteurs; & de vous consumer à justifier leurs imaginations. Nos Sages Iroquois n'ont ni Pedagogues, ni Propheties, ni Visions, ni Livres. Notre precepteur c'est le Grand Esprit. Le monde & notre cœur sont les volumes où nous lisons ses volontés. Jamais nous n'avons eu deux pensées differentes parmi nos ancêtres. Jamais la division n'a déchiré nos familles & nos cantons.

14ᵉ lettre: On vous apprend donc ici le bons [*sic*] sens par règles, lui disois-je? oui me repondit-il. Vous avez raison, ajoutai-je; car sans cela vous n'en auriez point du tout.

15ᵉ lettre: Leur Chimie et leur Mecanique m'ont paru long-tems une magie: ils ont trouvé le secret d'imiter le tonnere des cieux, & de le faire partir à leur volonté. Par le moyen d'une certaine poudre noire, ils brisent les rochers, & font entrouvrir la terre. Je ne doute pas, que s'ils vouloient, ils ne pussent à la fin detruire le monde: mais leur interest commun les retient. Ils se servent de ces foudres dans leurs guerres, & rien ne peut resister au fer enflammé, qu'ils lancent contre leurs ennemis. Que nos deserts sont heureux d'avoir des mers immenses, qui leur servent de barrières! Conjure le Grand Esprit de faire en sorte que ces peuples restent chez eux, & que jamais ils ne pretendent nous faire leurs esclaves.

18ᵉ lettre: Helas! chèr Alha! la vérité ne parle-t'elle pas à tous les Peuples sans ambagues [*sic*] & sans mystères! Elle nous en dit assez pour être heureux, sans vouloir la forcer à en dire davantage. [...] Concluons que nous ne sommes pas faits pour penetrer ce que nous sommes; qu'ai-je donc affaire de connoître tout le reste, si je ne me connois pas moi-même. L'impossibilité de cette connoissance de ma nature me prouve sans replique une impossibilité universelle; & pour peu que nous reflechissions, nous verrons que nous ne connoissons de tout ce qui nous environne, qu'autant que nous en avons besoin; & en la même mesure que nous nous connoissons nous-mêmes.

Console-toi, chèr Alha, nous ne perdons rien à n'être pas Philosophes à la mode de ces peuples. Ces Docteurs sont plus capables de gater un esprit solide, que de l'eclairer.

23e lettre: Nos Iroquois ne connoissent qu'une seule & unique Loi dans leurs deserts, c'est d'obeir à la Nature. [...] Dans nos deserts, personne ne peut rien nous ôter, parce que nous n'avons rien. [...] Chez nous tout est comme au premier moment du monde. Il n'y a point d'envie, parcequ'il [sic] n'y a ni richesses, ni avantages à envier: il n'y a point de rapines, parce-que tout ce que l'on prend est à soi. Les femmes ne font pas la matière de prevarications, parce que nous les prenons à notre gré, & que la Nature ne nous a prescrit de règles à cet égard, que notre tendresse & notre amour. [...] Les animaux, Venerable, sont les Philosophes de la terre; ils s'instruisent & te montrent au naturel ce que c'est que de n'avoir rien ajouté à la main, qui nous a tous formés. Tu nous mets à leur rang, & nous, nous te mettons toi & les tiens bien au-dessous.

25e lettre: Ils veulent pénétrer l'impénétrable, comprendre l'incompréhensible. Les efforts de ce cerveaux foibles, mais audacieux, m'inspirent une grande pitié. Qu'ai-je affaire de déviner ce que nous ne pouvons comprendre? Qui m'assurera que je dévine juste? & de quoi m'avance une vérité prétenduë, qui n'a pour tout appui, qu'un peut-être? Ce que je suis, & ce que je sens, n'est pas un peut-être.

34e lettre: [...] le proverbe en est passé, parler mal, c'est parler comme un Iroquois. Ils ne sçavent pas que s'ils parlent mieux François que moi, je parle à mon tour mieux Iroquois qu'eux. Jargon pour jargon, le notre vaut bien le leur.

42e lettre: Ce n'est pas en s'enervant par des debauches excessives, que l'homme est heureux. Si je voulois vous faire devenir Iroquois, je voudrois, malgrés [sic] notre éducation, vous faire verser mille larmes, & vous accoutumer à vous endurcir au froid, au chaud, à la faim, à la soif. Notre félicité nous ne l'achetons pas à ce prix, parce que dès l'enfance nous pratiquons la severité. Cette façon de vivre nous console, laisse notre esprit serain, & toujours prêt à s'embraser de l'amour de la divinité.

43e et dernière lettre (relaxé de la Bastille, Igli se prépare au retour vers ses "déserts" et résume tout ce qu'il a vu parmi les "fiers barbares"): Ah! chèr Alha, s'ils [ces climats] étoient habités par des Iroquois, ce seroit le bonheur & la félicité complete: mais toutes ces nations sont extravagantes, & barbares. Leurs idées sont renversées & ne ressemblent plus à celles des hommes. Toutes les erreurs sont ici en crédit: la seule raison est odieuse. Mon crime est d'avoir preferé ma Religion simple & naturelle à la leur. [...] Je t'ai montré leur Religion & leurs mœurs. [...] Tu m'as mandé, que mes enfans étoient mariés avant même qu'ils pussent s'aimer solidement? Je m'en rejouis, chèr Ami, leur tendresse sera durable. Les inclinations de l'enfance perseverent jusques dans la vieillesse la plus avancée; & quand ils m'auront mangé, ils aimeront encore ce qu'ils ont aimé, aussi-tôt que leur cœur a pu aimer.

Quand je serai dans nos rochers, je verrai à qui le Grand Esprit donnera ma fille, qui me reste? [*sic*] si quelqu'un de ses Frères l'aime, unis la comme son autre Sœur, ou prens la pour toi; sinon, je la prendrai pour me consoler dans ma vieillesse.

ANNEXE F

Mémoire (anonyme) sur les Iroquois
suivi d'extraits du journal de Bougainville

Le "Mémoire sur les coutumes & usages des cinq Nations Iroquoises du Canada" auquel se réfère Saint-Lambert et où il puise bon nombre de ses renseignements, occupe sans indication d'auteur les dernières pages (503-60) des *Variétés littéraires ou Recueil de pièces tant originales que traduites, concernant la Philosophie, la Littérature & les Arts*, t.I. Paris: Lacombe, M.DCC.LXVIII (BN: Z.28912). Communiqué à François Suard, responsable de cette publication, par Bougainville, le texte du mémoire est suivi d'extraits du journal de ce dernier. Voici d'abord les passages du Mémoire qui nous intéressent ici:

DE LEURS GOUVERNEMENTS.

Cette nation qui ne connaît, comme tous les peuples de ce continent, d'autre loi que la loi naturelle, se conduit avec beaucoup de justice & de charité au-dedans, et de bonne foi au-dehors. [...] Chez les Iroquois, les exemples de la violation des traités sont rares: aussi leur alliance est-elle extrêmement recherchée par les autres nations.

Les Iroquois sont pour la plupart grands, bien faits, courageux, bons chasseurs, excellens guerriers, cruels envers leurs ennemis, moins adonnés aux femmes que la plupart de leurs voisins. [...]

Il y a plusieurs sortes de chefs pour la conduite des affairs publiques: les premiers sont les anciens de chaque village, estimés pour leur esprit & leur capacité, qui tiennent conseil sur les affaires les plus épineuses, & décident des démarches qu'il convient de faire avec leurs ennemis ou leurs alliés, soit pour la paix, soit pour la guerre. [...]

Quoiqu'ils ne soient point revêtus de l'autorité nécessaire pour gouverner le village, cependant ils sont obéis & respectés dans presque tous les points qui concernent la paix & la tranquillité publique.

Viennent ensuite les chefs de famille, dont le devoir & l'occupation sont d'entretenir l'union parmi les membres qui la composent, de les assister de leurs conseils & de faire soulager les indigens; ils sont encore obligés d'élever dans certain principes, qu'ils appellent principes d'honneur, les jeunes gens qui doivent succéder aux chefs de leurs familles.

Le troisième ordre est celui des chefs de guerre: ceux-ci me paroissent les plus accrédités; ils emportent les suffrages de toute la jeunesse guerrière dont ils sont suivis, &

dans plusieurs occasions ils se décident contre le sentiment des chefs du premier ordre, surtout lorsqu'il est question de guerre. Ces chefs ne parviennent à cette distinction que par des faits d'armes distingués & nombreux.

Il faut d'abord qu'ils soient heureux, & qu'ils ne perdent point de vue ceux qui les suivent à la guerre; qu'ils soient généreux, & qu'ils se dépouillent en toutes rencontres de ce qu'ils ont de plus cher en faveur de leurs soldats; qu'ils soient sobres, qu'ils fuyent les femmes, ou du moins qu'ils n'aient pas l'air de leur être attachés. Dans le village ils sont obligés de ménager avec soin les jeunes guerriers, afin de ne pas manquer de soldats lorsqu'il faut aller à la guerre.

Ceux qui ont acquis un haut degré de réputation, comme j'en ai vu parmi eux, ont pour maxime de ne paroître en public que très-rarement; ils passent constamment les jours entiers étendus sur leur natte; ils reçoivent les visites de leurs amis; s'ils sortent quelquefois, ce n'est jamais que sur le soir; ils prennent le tems où l'on a de la peine à les reconnoître, de façon qu'on ignore souvent s'ils sont dans le village: c'est en cela que consiste la conduite honorable, la dignité d'un chef de guerre.

La langue des Iroquois est un idiome propre aux cinq villages, lesquels s'entendent réciproquement, quoiqu'il y ait quelque différence dans les termes & dans l'accent. Elle dérive de la langue des Hurons, qu'on peut regarder comme une des deux meres-langues de ce continent. L'autre est l'algonkin, d'où dérivent les langues de plus de vingt nations différentes qui composent le plus grand nombre de ces peuples: on ne connoît que l'iroquois qui dérive du huron, & ces deux langues n'ont aucun rapport avec celles des nations voisines.

Suivant la tradition de ces peuples, les Hurons et les Iroquois étoient les plus nombreuses nations de ce continent; mais par envie ils s'attacherent à se détruire les uns les autres, & mesurerent tant de fois leurs forces, que les Hurons, qui succomberent les premiers, diminuerent considérablement les forces des Iroquois. Ceux-ci étoient encore assez puissans, lorsque je suis arrivé dans ce pays en 1712, pour mettre en campagne douze cens guerriers de leurs cinq villages. [...]

Les Iroquois sont superstitieux, comme toutes les nations sauvages.

La plus nombreuse aujourd'hui est celle des Outaouais, qui forment au détroit deux villages de quatre cens hommes, & un autre de deux cens à Missilemakinac. Les Mississagues leur sont intimement attachés; ils parlent la même langue, & cette langue est entendue des *Têtes de boule*, c'est-à-dire des sauvages errans, qui, vers le nord, chassent dans l'étendue de plus de cent lieues d'un pays qu'ils regardent comme leur territoire. Revenons aux Iroquois, dont je connois mieux les coutumes, & avec lesquels j'ai demeuré plus de six ans dans ma jeunesse.

DE LEUR GUERRE.

[…] Lorsque le parti est de retour […] des cris longs & aigus annoncent qu'on apporte des chevelures, & qu'on amene des prisonniers.

A ces cris le village s'émeut, sort de ses cabanes, va au-devant des guerriers à une certaine distance, & tous préparent, chemin faisant, les instrumens des supplices qu'ils s'apprêtent à faire souffrir à ces malheureuses victimes, livrées sans défense & les mains liées derrière le dos, à leur aveugle barbarie. Nul sentiment d'humanité ne se fait entendre alors au cœur de ces bourreaux, sur-tout lorsque leur village a été maltraité par la nation sur laquelle ont été faits les prisonniers. Les enfans, les jeunes gens, les vieillards, tous inventent des supplices & font briller à l'envi leur ingénieuses cruauté. Les prisonniers sont d'abord reçus à coup de pierre, ensuite à coups de bâton. (Il est à remarquer que les meilleurs morceaux des animaux que tuent les guerriers, sont toujours donnés aux prisonniers, que l'on se fait honneur d'amener gras & en bonne santé, pour donner au vilage des sujets d'une plus longue récréation.) Après ce prélude on leur arrache les ongles avec les dents, on leur tient les doigts en cet état dans des pipes allumées, pendant que l'on fume. A chaque plainte du prisonnier, toute la cohue fait rententir l'air de cris de joie. Cela n'arrive cependant que lorsque les prisonniers sont destinés à la mort; car si le parti avoit été formé seulement pour remplacer quelqu'un qui seroit mort tranquillement dans le village, ou pour donner du soulagement à une veuve chargée de famille, alors cette veuve avertie par le courrier, iroit au-devant du prisonnier; & si elle le trouvoit à son gré & qu'elle l'acceptât, elle lui épargneroit ces affreux tourmens.

Arrivés dans le village, les prisonniers sont donnés en remplacement à la cabane, qui leur accorde la vie ou les comdamne à périr. Dans le prermier cas, on coupe leurs liens & on les introduit dans la cabane: là ils sont sur le champ habillés, ils prennent le rang & l'autorité de celui qu'ils remplaceent; ce n'est plus un étranger, tous l'appellent mon pere, mon oncle, mon frere ou mon cousin, & il n'a plus rien à craindre de la fureur de ces guerriers impitoyables.

Si au contraire le prisonnier ne plaît pas à la cabane, ce qui arrive souvent lorsqu'il est question, par exemple, de remplacer un homme qui a été brûlé par l'ennemi: alors on lui peint le visage & le corps de toutes couleurs, & l'on se prépare à lui faire subir le même sort. Les poteaux sont plantés dans la plus belle place, les feux sont allumés, & l'on jette dedans tous les ferremens qui doivent servir aux différens supplices que chacun se propose de lui faire souffrir: tantôt c'est un collier de haches rougies qu'on lui met autour du col; tantôt on lui leve la chevelure, en place de laquelle on lui met une calotte de cendres rouges, ou bien on lui approche les pieds d'un grand brasier jusqu'à ce que la peau s'en soit détachée; on le fait marcher ensuite sur des charbons ardens. Lorsqu'il est ataché au poteau, tous ceux du village viennent tour-à-tour lui faire souffrir le tourment que chacun d'eux a inventé; quelquefois ils lui passent un bâton entre les nerfs, les tordent & raccoursissent le corps du patient au point qu'il n'est plus qu'une masse informe. D'autres fois quelqu'un décide qu'ils seront empalés: alors ils lui passent un pieu au travers du corps, comme on embroche un poulet; mais ce supplice abrege trop le plaisir diabolique de faire souffrir les prisonniers, pour qu'il soit souvent ordonné; ces malheureux forcenés, loin de presser la fin des tourmens, les font durer deux ou trois jours.

[...]

Lorsqu'un jeune guerrier se destine aux armes & qu'il en veut faire toute l'occupation de sa vie, avant de commander le premier parti & pour s'assurer le succès de ses entreprises, il se choisit parmi les animaux ou parmi les oiseaux, son *Esprit* ou son Dieu: il lui adresse ses hommages; il lui donne sa confiance, il en porte toujours la figure, ou piquée sur sa peau, ou peinte sur une écorce. Si l'animal est petit, il l'écorche, & il en conserve la peau avec le poil ou la plume, le regarde comme son ange tutélaire; au lieu d'encens, il lui souffle la fumée de son tabac, & il le consulte dans toutes ses entreprises. Il le tient toujours sous plusieurs enveloppes, & n'a garde de le montrer à personne. Il passe plusieurs jours & plusieurs nuits sans manger ni dormir, se promenant seul à l'écart. Après cette espece de noviciat, il prend un air de gaité & de satisfaction, pour persuader à tout le monde que les austérités lui ont mérité de la part de son *Esprit* les assurances des plus heureux succès.

Lorsqu'ils font la campagne, à quelqu'extrémité que la faim les réduise, ils ne se permettent jamais de manger de la viande de leur *Esprit*, qu'ils appellent *Aguiaron chera*; [...].

DE LEURS MARIAGES.

Avant que les peres & meres marient leurs enfans, ceux-ci ont satisfait pendant long-tems leur goût & leur inclination: les filles sur-tout sont extrêmement déréglées; les jeunes hommes sont obligés de se barricader la nuit, s'ils veulent être tranquilles. Ils savent & ils disent que l'usage des femmes énerve leur courage & leurs forces, & que voulant faire le métier des armes, ils doivent s'en abstenir ou en user avec modération. [...]

Les bons chasseurs sont recherchés des femmes beaucoup plus que les guerriers, qui sont toujours pauvres & dénués de tout, au lieu que les chasseurs fournissent abondamment à leurs femmes de quoi se vêtir. [...]

J'ai connu un Iroquois qui a pris sept femmes en un hiver. Quand on parle de ces femmes, on dit seulement *celle qui est avec lui*, au lieu que les premieres qui ont des enfans & qui sont établies, s'appellent *Ahoha*, qui veut dire dame.

Avec la facilité que les Iroquois ont de changer de femmes, vous jugez bien qu'ils ne doivent pas porter loin les effets de leur jalousie: aussi est-il rare qu'ils maltraitent celles qui sont avec eux; […].

DE LEUR RELIGION

Il me seroit bien difficile, Monsieur [Louis-Antoine de Bougainville: voir ci-dessous], de satisfaire votre curiosité sur la religion des sauvages de ce continent; je n'ai remarqué chez les Iroquois aucune espece de culte. Lorsqu'ils se mêlent de raisonner sur la formation du premier homme, ou sur leur origine, ils racontent tant d'absurdités, & cela d'une maniere si confuse, qu'il est impossible d'y rien comprendre. Ils semblent avoir quelqu'idée d'une autre vie; ils croyent par exemple, que celui qui a été bon chasseur, généreux, grand guerrier, passe à la mort dans une terre abondante en toutes sortes de fruits & d'animaux, où il sera content & heureux; & qu'au contraire celui qui a été méchant, qui a abandonné ses parens lorsqu'il pouvoit les soulager, qui n'a rendu aucun service au village, est transporté dans une terre ingrate où tous les malheurs l'attendent.

[…]

J'ai quelquefois vu des Pontéotamis monter sur le haut de leurs cabanes au lever du soleil, & après plusieurs génuflexions accompagnées de mouvemens de bras & de tête, offrir à cet astre de la *sagamité* & de la viande, dont ils lui faisoient un sacrifice. Ces sortes d'hosties offertes au soleil & au *Manitou* (nom que les Outaouais donnent à l'esprit qui domine sur eux) sont tout ce que j'ai vu d'actes de religion parmi les sauvages connus.

DE LEUR CHASSE.

Quoique les Iroquois, comme tous les autres sauvages, n'aient jamais fait de partage de terres, cependant il n'y a presque jamais de dispute entr'eux sur cet article.

Le pays des Iroquois est presque dépeuplé de bêtes fauves. Ils sont obligés d'aller au loin pour chasser; ils font sécher la viande d'une partie des animaux qu'ils tuent, pour la rapporter à leurs villages. Ils ont leurs *Manitous* auxquels ils donnent leur confiance tant pour la chasse que pour la guerre, ainsi que je l'ai dit plus haut; mais cet usage assez général n'empêche pas que chaque chasseur & chaque guerrier ne puisse adopter & n'adopte souvent des superstitions qui leur sont particulieres.

DE LEURS FESTINS.

Le plus considérable est le festin de guerre. […]

Les Iroquois ont tant de considération pour les vieillards, qu'ils gardent parfois toujours le silence devant eux, à moins que les anciens ne leur ordonnent de parler. Ils ont d'excellentes qualités; ils sont généreux, charitables, patiens et véridiques; ils méprisent les babillards, les fripons, les menteurs & les gourmands. Le défaut qu'on leur reproche est d'être orgueilleux; mais l'orgueil n'a d'autre objet chez eux, que la valeur à la guerre & l'adresse à la chasse. Ils ne connoissent point la vanité que nous attachons aux avantages de la figure. Ils aiment la parure, sans trop s'y complaire; & s'ils affectent de se peindre le visage, c'est pour se donner un air redoutable, avec lequel ils esperent intimider leurs ennemis: c'est encore pour cette raison qu'ils se peignent de noir lorsqu'ils vont à la guerre. [...]

DE LEUR MÉDECINE.

Leur médecine ne consiste que dans la connaissance des simples: [...].

[...] ils laissent mourir tranquillement le malade, qui s'y détermine avec une résignation surprenante. Je n'ai jamais vu, ni même oui dire, que les sauvages en quittant la vie, se plaignissent de son peu de durée: il est vrai qu'ils ne laissent rien à regretter. [...]

DE LA JONGLERIE

[...] Le jongleur parmi eux est réputé médecin, parce que, disent-ils, il n'appartient de distinguer les maladies qui sont dans le corps, qu'à celui qui connoît les choses qui se passent loin de lui. [...]

Aujourd'hui, je veux dire, depuis qu'ils ont la connoissance des Européens, qui leur ont donné celle de l'eau-de-vie dont ils sont grands amateurs, cette liqueur entre dans tous les festins; elle est même la base de la médecine, & le malade ne sauroit guérir s'il ne soule un certain nombre de personnes, à la tête desquelles est le médecin.

[...] mais le préjugé ne raisonne point, & le mauvais succès des jongleurs n'a jamais pu guérir l'esprit de ces nations superstitieuses. [...] Ces imposteurs [... font montre de] leurs grossieres supercheries. [...]

Je ne connois aucun principe de morale établi parmi les sauvages: il me paroît qu'ils ne suivent que cette loi gravée au fond du cœur de tous les hommes, qui est de ne faire à autrui que ce que l'on voudroit qui nous fût fait; & cette loi y est si puissante, qu'on ne voit presque jamais entr'eux aucun de ces scélérats dont les actions deshonorent la nature humaine.

Le mémoire qu'on vient de lire, & dont nous ne connaissons pas l'auteur, nous a été communiqué par M. de Bougainville [a] *qui a bien voulu nous faire part en même tems du*

---

[a] Colonel d'Infanterie, connu dans la république des lettres par un excellent ouvrage sur le calcul intégral & différentiel. [Il s'agit bien de Louis-Antoine de Bougainville et en l'occurrence de son *Traité du calcul intégral pour servir de suite à l'analyse des infiniment petits de M. le Marquis de l'Hôpital*, Paris: H.-L. Guérin et L. Delatour, 1754-1756, mais dont la renommée éclatera lorsque le récit de son voyage autour du monde, effectué dans les années 1766 à 1769, sera publié avec l'énorme succès que

journal de ses campagnes au Canada. Ce journal, plein d'observations militaires, politiques & philosophiques, est très curieux & très-intéressant. Nous allons en extraire quelques traits propres à répandre sur les mœurs & les usages des peuples qui habitent le vaste continent de l'Amérique septentrionale.

Les cinq nations sont une espece de ligue ou d'association formée par cinq peuples Iroquois d'origine, qui ne composent qu'une seule cabane, qu'on appelle la cabane Iroquoise, ou le grand village.

La religion des sauvages des pays d'en-haut est le paganisme brut & encore dans son enfance. Chacun d'eux se fait un dieu de l'objet qui le frappe, le soleil, la lune, les étoiles, un serpent, un orignal, enfin tous les êtres visibles soit animés soit inanimés. Cependant ils ont une maniere de déterminer l'objet de leur culte; ils jeûnent trois ou quatre jours: après cette préparation, propre à faire rêver, le premier être qui, dans le sommeil, se présente à leur imagination échauffée, c'est la divinité à laquelle ils dévouent le reste de leurs jours; c'est leur Manitou: ils l'invoquent à la pêche, à la chasse, à la guerre; c'est à lui qu'ils sacrifient. Heureux, quand l'objet de ce rêve important est d'un petit volume, une mouche, par exemple; car alors, mon corps est une mouche, disent-ils, je suis invulnérable: quel homme assez adroit pour attraper un point?

Le langage des Iroquois est plein de mouvement, de figures & d'images; cela n'est pas surprenant: tel est le style de tous les peuples que les loix, la réflexion, les sciences & les arts n'ont pas encore domptés: mais ce qu'on ne peut s'empêcher d'admirer, c'est que leurs raisonnemens sont souvent aussi justes, aussi sensés que leur élocution est forte & sublime.

Des missionnaires voulurent engager les Abenakis de Saint-François & de Bekancourt, sous prétexte de les éloigner du commerce des François & de les dégoûter des liqueurs fortes, à transporter leurs habitations sur les bords de la Belle Riviere; mais les Abenakis ne voulurent jamais consentir à cette transmigration. [...] Jérôme, chef de village, présenta à ce sujet un mémoire à M. de Vaudreuil, conçu en ces termes: «Moi, Jérôme, chef de village des Abenakis, représente à toi, mon pere, que les robes noires veulent nous faire quitter notre natte & transporter ailleurs le feu de notre conseil; cette terre que nous habitons est à nous: ce qu'elle produit est le fruit de nos peines; fais-la fouiller, tu trouveras dans ses entrailles les ossemens de nos peres: faudra-t-il donc que les ossemens de nos peres se levent du sein de cette terre pour nous suivre dans une terre étrangere»? [*sic*]

---

l'on sait en 1771. Son *Journal* sera édité par Amédée Gosselin et publié dans le *Rapport de l'archiviste de la province de Québec pour 1923-24*, Québec: Louis-A. Proulx, 1924, pp.204-393.]

ANNEXE G

Préceptes de Saint-Lambert sur l'amitié

Dans le deuxième tome des *Œuvres philosophiques* de Saint-Lambert (6 vols. Paris: H. Agasse (t. II, An V de l République; 1797, *vieux style*), *Les Principes des mœurs ou le Catéchisme universel*: sont suivis de "Préceptes" ("que l'enfant peut apprendre", t.I, An IX [1801]: "Discours préliminaire", p.46), où le chapitre IX (pp.77-80) est consacré aux "Devoirs des amis":

Veux-tu ajouter à ton existence, augmenter en toi l'ame de la vie, le sentiment de tes forces, la raison qui te conduit, la vertu qui soutient, le prix de tous les plaisirs que tu peux goûter? prends un ami.

Toi, dont la raison est sortie de l'enfance, choisis pour ami le jeune homme vers lequel ton penchant et la réflexion t'entraîne.

Ne cede ni à ton goût, ni à ton engoûment pour un homme frivole.

Choisis dans lequel tu as remarqué de la raison et de la disposition à aimer.

Qu'il soit un homme simple et vrai; que son esprit sache entrer dans la pensée des autres, et qu'il puisse se mêler et se confondre avec le tien.

Ce choix fait, oublie-toi pour ton ami; c'est à lui à te ramener à toi.

Laisse-lui voir ton cœur jusque dans ses derniers replis, et sois sûr qu'il faut en extirper les sentimens que tu crains de lui montrer.

Aime sans enthousiasme, et n'en demande pas; vous deviendrez l'un et l'autre les complices de vos orgueils.

Saisis toutes les occasions d'être utile à ton ami, et n'examine pas trop s'il laisse quelquefois échapper celles de te servir.

L'amitié prodigue, et ne compte pas; elle se plaît à répandre, sans songer si elle a recueilli.

Que ton ami trouve en toi ce que tu désires de trouver en lui.

Ne lui permets pas de faire à l'amitié le fréquent sacrifice de ses intérêts.

Ne sacrifie jamais à ton ami aucun de tes devoirs.

Hâte-toi de connaître la mesure de ton amour propre et du sien, et vous ne vous blesserez jamais.

Faites-vous, autant qu'il est possible, des goûts communs, et rapprochez vos opinions.

Une respectueuse déférence doit accompagner l'amitié; elle pardonne l'humeur, mais l'humeur l'affaiblit.

Occupez-vous ensemble de la grande affaire de votre bonheur, et du soin de vous perfectionner.

Il faut nécessairement un ami à l'homme de bien; mais il n'a pour ami que l'homme de bien.

Occupez-vous ensemble des agrémens de la vie; l'homme sensible n'est point austere.

Jouissez de la gloire, des talens, des vertus, des agrémens de votre ami, et donnez-lui avec sensibilité des louanges modérées.

Il serait beau de rester l'ami de son rival d'ambition, de gloire ou d'amour. Cela est possible.

Si vous méprisez pour vous-même les richesses et les honneurs, faites-en cas pour votre ami.

Dans vos prospérités, redoublez pour lui d'égards et de condescendance. Dans ses afflictions, oubliez vos joies jusqu'au moment où il pourra en jouir.

Allez le voir souvent, seulement pour lui montrer votre estime et votre tendresse.

Chérissez ceux qu'il doit aimer; ne voyez point son ennemi.

Il peut arriver des changemens dans vos goûts, vos situations, vos opinions; peut-être vous faudra-t-il un nouvel ami.

Ayez donc un nouvel ami; mais combien il faut de raison pour ôter quelque chose à l'ancien!

Si vous cessez de vous aimer, que ce soit une amitié qui finit, et non pas une haine qui commence.

Le tems donne un charme inexprimable à l'habitude d'aimer, et les anciennes amitiés sont ce qu'il y a de plus aimable et de plus sacré sur la terre.

Le troisième tome du même ouvrage (t.III: An V de la République; 1797, *vieux style*) contient son *Commentaire sur le Cathéchisme* dont la deuxième partie (pp.73-101) est consacrée à l'amitié. Les extraits suivants montrent un Saint-Lambert imbu des écrits classiques sur la question:

p.73: "Combien de liaisons sont confondues sous le nom d'amitié?"

p.75: "Pythagore [...] dit qu'elle [l'amitié] est la plus grande de toutes les vertus."

p.75: "Aristote la définit, un sentiment de préférence que nous inspirent les qualités aimables de l'honnête homme. Cette définition me paraît incomplette; elle ne dit point le but que se proposent deux amis, et leur sentiment n'est point assez caractérisé par le mot de préférence."

p.76: [Selon Cicéron] "l'amitié est le sentiment que la nature nous inspire pour l'homme en qui nous découvrons de la vertu."

pp.76-77: "La bienveillance mutuelle de deux ames vertueuses et sensibles qui s'unissent pour diminuer leurs peines et leurs défauts et pour augmenter leurs plaisirs et leurs vertus. Voilà l'amitié qui, pour me servir de l'expression de Cicéron, est à l'ame ce que le soleil est à l'univers [...]".

p.79: "Deux amis s'apprendront l'art de réprimer en eux les premiers mouvemens, il se rameneront à l'ordre dont les fantaisies, l'esprit d'imitation, leurs intérêts mal entendus les auraient écartés; ils repasseront ensemble leurs devoirs différens, ils se diront celui qu'ils doivent suivre de préférence, et dans quels momens ils doivent le suivre.

L'amitié double les forces, les vertus, les talens, les moyens; à quelque degré de lumieres et d'ordre que parviennent les sociétés, il y aura toujours des rivaux perfides, des magistrats iniques, des administrateurs ou injustes ou trompés, mais Castor et Pollux sont au-dessus des caprices de l'Olympe et des fureurs des enfers. Deux amis, tels que je désire que soient les amis, percent dans la nuit des intrigues, déconcertent les cabales, en imposent à la fraude, font taire la calomnie, se montrent les ressources, les perfections, les consolations, les jouissances qui sont à leur portée."

p.81: "Quel charme de trouver un appui qui ne lui manquera jamais, un cœur que son cœur peut interroger sans cesse, et qui lui répondra toujours!"

p.81: "ce qu'il [l'amour] a de plus doux il l'emprunte de l'amitié."

pp.89-90: "Quand Montaigne dit que tout est commun entre deux amis, *volontés, pensemens, jugemens, biens, femmes, enfans, honneurs et vie*, Montaigne exagere. Gardons-nous de faire de l'amitié l'unique fonction de l'ame; regardons-la comme un secours pour nous acquitter de tous nos devoirs et pour nous consoler de tous nos maux. Elle doit sans doute occuper une grande place dans notre ame, mais elle ne doit pas l'occuper toute entiere.

Ne transportons pas dans l'amitié les illusions aveugles, les idées vagues de l'amour; qu'elle soit toujours gouvernée par la raison, soumise à l'ordre et aux lois; que sa chaleur soit douce, égale et durable; c'est un feu qui doit plus éclairer qu'embrâser, et qui surtout ne doit jamais s'éteindre."

pp.90-91: "Songez à remplir, le plus que vous le pourrez, le cœur de votre ami de sentimens agréables, et n'oubliez pas que vous vous êtes chargé d'ajouter à la somme médiocre des plaisirs que lui accorde la nature: procurez-lui donc toutes les jouissances pures et honnêtes qu'il est en votre pouvoir de lui procurer; partagez ses goûts innocens, invitez-le à partager les vôtres, associez-le à vos amusemens, soyez le compagnon des siens, et cherchez à maintenir entre vous la conformité des mœurs et des opinions; enfin multipliez avec lui les jouissances de l'amitié. Les jouissances augmentent l'amitié comme elles détruisent l'amour."

p.95: "ce qu'elle [l'amitié] fait sûrement, c'est de rendre les hommes plus vertueux et plus contens.

Votre éleve choisira pour ami un jeune homme dans lequel il a remarqué de la raison, de l'attachement à la vertu, de la disposition à aimer; il se dira que les hommes les plus propres à l'amitié ne sont pas toujours ceux qui font le moins de fautes, mais ceux qui n'en font pas, sans se repentir, et sans chercher les moyens de les réparer. Il ne se flattera pas de trouver facilement parmi les jeunes gens un homme vertueux, et se contentera d'y trouver un ami de la vertu.

Les hommes ont plus de disposition à s'aimer qu'ils ne le pensent."

p.96: "L'amour de la vertu est la vraie sympathie qui unit deux amis pour jamais."

p.100: "L'amitié, telle que je veux la faire concevoir aux instituteurs, n'est point une chimere; elle n'est pas commune, mais elle est possible."

TABLE DES MATIÈRES

Titres déjà parus